柿子红了

魏存威 著

四川民族出版社

图书在版编目（CIP）数据

柿子红了 / 魏存威著. -- 成都：四川民族出版社，2023.1
ISBN 978-7-5733-1041-5

Ⅰ.①柿… Ⅱ.①魏… Ⅲ.①散文集－中国－当代 Ⅳ.①I267

中国国家版本馆CIP数据核字（2023）第021264号

SHIZI HONG LE
柿子红了
魏存威 著

出 版 人	泽仁扎西
责任编辑	钟　怡
责任印制	谢孟豪
出版发行	四川民族出版社
地　　址	四川省成都市青羊区敬业路108号
邮　　编	610091
照　　排	四川悟阅文化传播有限公司
印　　刷	成都市兴雅致印务有限责任公司
成品尺寸	145mm×210mm
印　　张	7
字　　数	145千
版　　次	2023年1月第1版
印　　次	2023年1月第1次印刷
书　　号	ISBN 978-7-5733-1041-5
定　　价	78.00元

本书如有印装质量问题，请与本社发行科联系调换。

那些比故乡更辽阔的

◎ 钟 渔

　　一个成年人，一旦从故乡走出来，严格意义上讲，他就永远离开了故乡。外面世界的繁华与精彩，很难让一个人再回到平凡而平淡的故乡。当一个人功成名就、想落叶归根时，可能父母已不在、老屋已不在，童年的伙伴都已生疏。这种遗憾，化为更深的怀念，故乡的人，故乡的事，故乡的小河，故乡的狗……会一再出现在我们书写到的故乡里。从这个意义上，从这个角度上，这个时刻，我们回去了。

　　无疑，当代文学是乡土文学的天下，故土情结也是中国人最重要的生命胎记。当看到别人笔下的故乡时，我总是沉默的，我曾在一首诗中这样写道："在漂泊的异乡，誊写下纸上的故乡。"是的，故乡对我而言，是填写表格时父母的籍贯，是那个从我出生就离开的地方，是一个完全陌生的符号。读到《一个人的村庄》那类文字时，我是羡慕而又惭愧的。

　　当从茶园故乡走出来，在一座滋润的城市里工作、生活，并在体制内严肃的岗位上浸润多年的魏存威，告诉我他要出一本散文集的时候，我大吃了一惊。这些年，我零零星星读过他的一些文章，有时沉重，有时哑然失笑，有时陷入深思……但没想到他要出一本书了。

当浮华与躁动掠过城市，诚挚与真情，就成为当下社会更可贵的品质。读魏存威的散文，读者会感受到，写到记忆中的故乡，他是深情的；写到故乡今天的发展变化，他是欣喜的。这种对比，呈现出作者对当下社会发展变化的肯定与赞美。走出故乡的他，写到亲人、朋友，总是滔滔不绝，生活的点滴，都一一还原在他的笔下，无疑他是一个善于捕捉细节的人；沉浸在当下日常中的他，无论是捉鼠、拔牙还是出游，又呈现出诙谐而轻松的格调。也许，对于生活、生命，他的思考一如他在一篇文章里说的："内心淡泊，即便身处方寸之地，也会觉得万物丰盈。内心欲重，哪怕天地再大，处处也是浮尘。"

　　他的选材，都是身边熟悉的人和事、看到的风景和走过的路；他的文字，简朴平实、不事雕琢，不花哨、不卖弄，保留着极其珍贵的原真本性；他的叙述，呈现出不拘谨、信手拈来、收放自如的宽阔特征；他的思考，不动声色，静水深流，却能引起强烈的共鸣。正如一位作家说的那样，"文学的重要作用，正是差异性而反映共同性，经由个别而抵达一般，建立起不同生命之间的联结和融合"。从故乡的一草一木，一人一事，一河一狗，一吃一食，一场一镇，他一路写下来，写到行走的异乡，当下的生活，身边的平凡人物，没有大悲也没有大喜，类似白描一般的文字里，读者感受到了更辽阔的人间风景和人生思索，流露出"此心安处是吾乡"的精神追求和审美意境。

　　这样的文字和他的人一样，真诚、谦逊、深远、可贵。

　　期待他继续写下去，他，有着无限的可能性。

2022年4月23日

目录

谁家喜鹊脆飞声
声声吹绿故园情

002　乡　路

006　归　来

012　故乡的雪

015　赶　场

018　故乡的那条河

021　捉黄鳝

024　老　家

028　喜　鹊

031　打"土猪"

033　阿黄阿花

036　又见红领巾

038　永远的红番茄

亲情如春草
更行更远还生

042　我的父亲

047　我的母亲

055　写给儿子的信

064　神兽归家

067　神兽出笼

071　走亲戚

074　酒米饭

077　叶儿粑

080　我的大姐

082　我的二姐

086　我的三姐

089　我的二哥

093　秋风习习话语文

096　贴春联

岁月如歌

且歌且行

100　柿子红了

105　三到雨城

110　金毛犬

112　空　巢

115　丽江行

118　做一回重庆人

124　拔牙记

128　离别方识刘老师

132　阿胖超分记

136　测　温

139　有儿无女

141　那年中秋

145　苹果分香予楼台

148　甲居藏寨行记

152	点赞是一种修行
155	雨城缝衣女
157	走向龙池
161	北京的星星
166	捉鼠记
170	新捉鼠记
172	月亮湾
175	雨中的看望
177	楼顶的心事
179	重建中的乡情
183	红盆子
187	阵　地
191	标
195	中秋的点滴
197	朋　友
200	雨中　桂香如故
202	母校　那一坡芳草绿
206	打鼾的老朱
209	楼顶的鸟思
212	湖北兄弟
215	后　记

谁家喜鹊脆飞声
声声吹绿故园情

乡　路

　　最近应妹妹的邀请回了趟老家。我是坐二姐家新买的车回去的。轿车轻快地奔驶在老家新铺的水泥路上，幢幢新房如电影蒙太奇般掠过车窗。我满心惊愕：哪里还有老家路的影子？这分明是一幅美丽的新版乡村图嘛！我感慨万千，老家二三十年前那些蜘蛛网样的小路又一一浮现在眼前。

　　有一年快过年了，我们六兄妹的压岁钱还没有着落。望着放寒假在家无所事事的我，母亲半是期许半是考验地对我说："你背一背篼干柴块到黑竹街上去卖吧，卖的钱就是你们几兄妹的压岁钱。"天，我从来没有到街上卖过东西，何况还是自己背柴块去十多里外的黑竹街上去卖。我有些犯难。但望着姐姐、妹妹、弟弟期待的目光，作为长子的我，一股豪情冲上来，我拍了拍胸脯说："好，没问题。"

　　背上一背篼干柴，我匆匆上路了。我如一只蚂蚁爬行在千回百转的泥巴小道上，两道背系带深深地勒进我细嫩

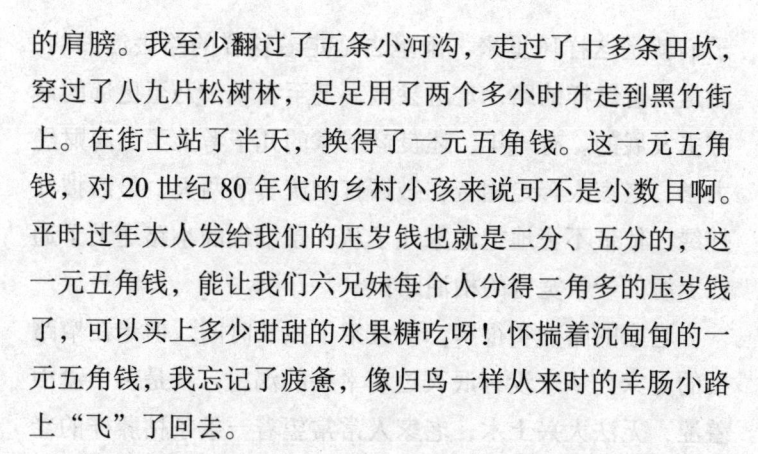

的肩膀。我至少翻过了五条小河沟，走过了十多条田坎，穿过了八九片松树林，足足用了两个多小时才走到黑竹街上。在街上站了半天，换得了一元五角钱。这一元五角钱，对20世纪80年代的乡村小孩来说可不是小数目啊。平时过年大人发给我们的压岁钱也就是二分、五分的，这一元五角钱，能让我们六兄妹每个人分得二角多的压岁钱了，可以买上多少甜甜的水果糖吃呀！怀揣着沉甸甸的一元五角钱，我忘记了疲惫，像归鸟一样从来时的羊肠小路上"飞"了回去。

那是上街赶场的路，窄小难行，却是老家人换取油盐酱醋等生活必需品的必走之路，时间长了，原本杂草丛生的泥巴路变得硬硬的、光光的。每逢赶场天，老的、小的、壮的、瘦的，总肩挑背扛走在这条道上。夕阳西下，他们回家的身影在光硬的泥路上若隐若现，给人一种"古道西风瘦马，断肠人在天涯"的沧桑感。

除了赶场天走的路，老家的路还有很多，当然都是些泥路。走向田块的路，上山砍柴的路，走亲戚的路……那些路如毛细血管浸透着老家人生生不息的勤劳，源源不断的渴望伸向四面八方，隐没在山色雾霭当中。这些路当中还有一条路，让我至今难以忘怀。那是上学时走的路。

老家属丘陵地貌，人户之间不像场镇上挨得那么密集，往往相互之间疏散，并且远远地栖立在山脚上、林子边，户与户之间，户与外界是靠一条条小泥路连接的。上学的孩子们，大多数一大早起来，得走上十里八里的小路才能走到学校。如果遇到雨雪天气，孩子们衣单、鞋薄，路滑，走到学校停下来，手脚常常会冻起冻疮。老家的孩

子们就是这样风里来、雨里去地走着这样的路去读书的，就是走着这样的路，走进县城，甚至省城，乃至更远的地方去发展的。有一年，述良老爷家的儿子考上了上海财经大学，老家人奔走相告，敲锣打鼓庆贺了两天，最后披红挂绿、依依不舍地把他家儿子从一条细细的小路送上了通往上海的一条宽宽的柏油路！

老家的路确实很窄，而且窄了很长时间。但走在窄路上的老家人从来没有泯灭过对幸福的渴望，只是苦于囊中羞涩，无法大兴土木，老家人常常望着一条条枯藤样的老路揪心地哀叹："要想富，得修路哇！"

"快到家了！"二姐的一句话让我从回忆中醒来。我看到，新修的水泥路如一条大动脉在搏动，时不时有小货车、摩托车驶过，抑或风风火火滚过几辆自行车，那车上的人儿一个个神清气爽，全然不是以前老家人的木讷模样。而路两边绿树苍翠，掩映其中的几乎是清一色的一楼一底式样的砖房，原来的瓦房、土坯房已不见踪影了。只花了一二十分钟的时间，我们就从黑竹街上直达老家。打开车门，看见妹妹、妹夫笑容可掬地站在路边。

"怎么样，不认得回家的路了吧？还是要经常回来看看才行啊！"妹妹边说边带着我们走进了靠她和妹夫俩人收入翻修一新的四合院。尝着地道的农家菜，喝着妹夫从街上打回的粮食酒，我们几兄妹兴奋地摆起了龙门阵。

从妹妹处得知，老家在搞城乡统筹，路是县上拨钱修的。下一步，乡上还会把路面硬化到每家每户门口，到时打谷、晒谷的方便就甭提了。摆谈间，妹妹突然扬起头问我："这老家的变化算啥子哟！哥，你和嫂子不是在汉源

县工作过几年吗，那里算是你们的第二故乡吧？在电视里看到经过那里的雅西高速公路修通了，那个高，那个快，好舒服哟！"妹妹说的汉源县是个水电资源大县，国家重点建设项目装机 360 万千瓦的瀑布沟巨型电站就建在那里。因为修水电站移民的原因，我和妻子先后在那里工作了一两年时间。那时，去汉源县的交通是不太方便的，单程从雅安市区到县上要花 3 个多小时的车程，而且多是海拔高的上山路。每次去汉源，我和家人都得经历把五脏六腑都要掏空似的恐惧。2012 年 4 月底，雅西高速公路修通了，到汉源的车程缩短为 1 个多小时，高山峡谷间，一条天路穿行而过，壮观极了，方便极了。

饭毕，我在妹妹的指引下朝山上走了走，一坡坡茶树发着新芽，连成一片绿色的海洋。据报道，老家户均亩产茶叶收入就达五六千元，单靠卖茶的收入就足以解决油盐酱醋米之需了。我在茶畦里左寻右找以前的小路。妹妹哈哈大笑："现在哪里还有什么小路哟，老家人已改走大路了。"

是啊！见证过老家人艰难困苦的小路不复存在了，老家已走上光鲜的大路！三十年前为求生计离开老家的我，此刻站在如新娘子般的老家身边，感到无比的欣慰和自豪。老家的路变了，老家的人变了，老家变得陌生了。而这种陌生是以前的我所憧憬的，现在的我所欣赏的。我默默地为老家祝福："老家，愿你永远走在一条金色的幸福坦途上。"

2013 年 4 月 6 日

归 来

"回来一趟吧,老家搞出大事了。"小学同学"瘦猴"的一条微信,促使钟下定了回老家牛碾坪去看一看的决心,她不想再在老家留下任何遗憾。自从大学毕业以后,漂泊在深圳的钟已经二十多年没有回过老家了,她的思乡情、归乡情从来没有像这次这么强烈过,她想快快赶回牛碾坪这个小山包包看看到底发生了什么事。

走出成都双流机场航站楼,坐上瘦猴来接她的车,钟有一种恍如隔世的感觉。

瘦猴本姓韩,当年读小学时因人瘦不长个,班上的同学给他起了个"瘦猴"的绰号。而眼前这个瘦猴,面色红亮,自然、黑亮的三七偏分,又带点爆炸感的短发显得张扬,一身灰白的休闲装散发出随性。钟心里暗忖:这哪里还像当年又矮又丑的瘦猴呀!这装扮,即便在深圳也是很潮的。

"老同学,不认识当年的瘦猴了?"

"哎呀,你变化太大了!"

"注意，前面就上高速了哈。"

"你车开得好哟，老家到底发生了什么？花好多时间走得拢？"

"路好走，很快就到了。到了你就知道了。"

"你还是当年那个只说半句话的闷猴子！"

瘦猴雪亮的车在成都市到名山区的高速公路上飞驰。牛碾坪在雅安市名山区中峰乡海棠村，从成都市到牛碾坪仅有约一百三十公里的距离，但在二十多年前走这一百三十公里的路程是不太容易的，那时路况不好，车也不行，颠过来簸过去得折腾掉半天工夫。

车行无声，岁月有痕。钟回想起二十多年前离开老家牛碾坪时的情景。

那年高考，多少同学挥汗如雨，多少同学梦想破灭。全班四十多位同学，只有几个考上大学，家贫如洗的钟就是其中的幸运儿之一，她考上了北方一所名牌大学的外语系，成了天之骄子。在吃过乡里人为她办的庆祝酒后，钟背着一个小木箱，告别乡亲，告别从小学到高中都在同一个班的邻居瘦猴，朝着北方出发了。那天天空飘着细雨，父亲执意要送她一程，她和父亲从杂草没腰深的牛碾坪出发，在烟雨朦胧中，弯弯拐拐走了两个多小时的泥巴路，才到了离公路不远的百丈湖。

百丈湖是个人工湖，是当年十里八里的老百姓响应政府"农业学大寨"的号召出工出力修的，修好后泽被了方圆好几十里的人家。湖水微漾，清澈如镜。钟坐在湖边，脱下水靴，洗去裤角上的泥巴，换上母亲熬夜为她做的一双新布鞋，搭上一辆客车，挥手泪别父亲，朝着她心中的

大学奔去。

　　大学快毕业时，钟正思量着回报父母的养育之恩，不料积劳成疾的父母亲却相继离去，钟伤心了好一阵子，"子欲养而亲不待"，不能报答父母的养育之恩成了钟一辈子的缺憾。瘦猴落榜在家务农，割麦栽秧，没少帮过钟的家人。钟一直想找个机会回报瘦猴，她觉得不能在对待这位邻居同学的事情上留下什么遗憾。所以，一接到瘦猴发的微信，钟便急急地赶了回来，赶回这块生她养她的地方，赶回这块永远留住她乡愁的土地。

　　牛碾坪属丘陵地貌，一块块小山包包相连，不产水果，不长鱼，只是疯长着些杂草灌木，是当地放牛娃放牛的地方，附近的人家大多数一年四季靠种些稻子、土豆之类的作物来维持生计。不知什么原因，20世纪七八十年代有支部队在牛碾坪驻扎过，因旁边芭蕉沟的水好，部队在那里取水烤过酒。部队搬走后，有个老板接着在那里开了几年酒厂，周围的乡亲便在酒厂里做零活挣得一些钱贴补家用。但好景不长，因三角债缠身，酒厂关了门，周围的乡亲只好各谋生路去了。这就是牛碾坪在钟心里留下的印象，能搞出什么大事呢？最大的事，不过就是哪家娶媳嫁女、生儿育女罢了。钟越想，越觉得瘦猴说的话不太靠谱。在老家，钟已没有亲戚，最熟悉的就是瘦猴一家，但瘦猴都快五十的人了，媳妇早已过门，孙子也跑得路了，他能有什么大事呀！钟还想不明白的是，在牛碾坪这块贫瘠的山包包上，瘦猴是如何待下来的，竟还开上了好车！

　　只一个半小时的时间，就走过当年钟搭车的百丈湖到达中峰路口了。中峰路口当年的泥巴路已不见踪影，取而

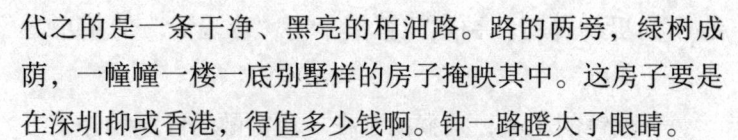

代之的是一条干净、黑亮的柏油路。路的两旁,绿树成荫,一幢幢一楼一底别墅样的房子掩映其中。这房子要是在深圳抑或香港,得值多少钱啊。钟一路瞪大了眼睛。

"这是芦山强烈地震发生后重建的路。"

"这是当地人家自家修的房子。"

瘦猴一边开车,一边给钟介绍。钟听着,不住地点头。

"你还记得当年咱们约高中同学耍走的那条路不?"

"对了,这不就是当年咱几个高中同学走的那条机耕道吗?"

学过英语、俄语两门外语的钟,记性当然不差,经瘦猴一提醒,她当年撑头约几个高中同学来老家耍的那一幕幕又在她脑海里展现出来,他模糊的身影又变得清晰。他是谁,瘦猴当然不知道,这是钟至今还藏在心里的一个秘密。当年豆蔻年华的钟,对同桌的他产生了一股莫名的好感,英俊帅气的他多像唱红《一剪梅》的费玉清啊。可那时的高中,少男少女授受不亲,谈恋爱是学校、家里绝对不允许的,钟只能把这种情愫埋藏在心里。那时的高中学习,不像现在那么紧张,在周末,同学之间是可以相约出去郊游的。钟当时有一个想法,就是把他约出来看看,看他是不是真是自己心仪的那种勇敢、坚强的男孩。当然,钟不能单独把他约出来,只能一同约上包括瘦猴在内的其他几个同学。几个同学在城里同学家找到几辆半新的自行车后便开启了牛碾坪之旅。哪知回来的路上遇到了大暴雨,几个同学被淋成了落汤鸡,在这条机耕道上深一脚浅一脚地推着自行车到了百丈湖边上一家小旅馆。他呢,一边走一边埋怨个不停。遇到点困难便喋喋不休,这哪是钟

心中的男神样呀？钟从此掐灭了对"费玉清"的星星之火。

一刻钟的工夫，瘦猴的车在一块宽敞的停车场停了下来。车场里挤满了牌号是成都、重庆的小车，钟愈发纳闷。

"这是什么地方？"

"到家了呀，请看路牌。"

几根木质色的柱子镶着一块写着"万亩生态茶园"的牌匾，两边的柱子分列两行字"扬子江中水""蒙山顶上茶"。瘦猴告诉钟，这就是牛碾坪路口。

从牌坊下穿过去的，是一条光鲜的路。路分两色，一色灰黑，是行驶观光车的柏油路面；一色淡红，是行人走路或骑自行车的步游道。

"你不知道吧，牛碾坪已建成万亩观光茶园，被评为全国生态茶园示范基地了。还是国家茶叶公园的核心区呢！今天是一年一度的采茶节开幕式呢。"

"你个死猴子！你也来标题党的招式！"

"这里是市上现代茶叶科技中心，有全国最先进的茶叶加工生产线和高效节水喷灌系统，是四川省唯一的国家级茶树良种繁育场和西南最大的茶树基因库。"

一路之上，瘦猴滔滔不绝地向钟介绍着。路的两边开满了格桑花，紫、白、粉、黄、红，各色格桑花朵依偎在一起，娇艳极了。骑游道上，不时有游人骑着自行车欢笑而来。有些游人，走进茶畦里，在老乡手把手的指导下，采起了茶叶。

蓝天无垠，缀着几朵棉花样的白云。一垄垄绿色的茶畦在山包，在山坎，在山底排成行，铺连成一片绿色的海洋。有亭廊矗立在山包之巅,如饱学之叟,惯看世间风情。

几个采茶女,头戴蓝色头巾,穿着印染着白花的蓝布衣服,正在茶畦里采茶。微风习习,有婉转歌声传来。

雅雨飘飘蒙顶山,蒙顶山茶发新芽。蒙顶山的茶歌千年唱。都知道蒙顶山,祖先来种茶。从古至今最美一句话:扬子江中水,蒙山顶上茶……

这是当地人传唱的《蒙顶山茶歌》。听着这悠扬的歌声,荡漾着凉爽的清风,钟觉得长年累月站在三尺讲台上积压在心里的单调、沉闷一扫而空,她感到从未有过的舒畅、轻快,整个身心仿佛飘浮在人间仙境里。

"韩总,回来了?"有老乡热情地向瘦猴打招呼。

"怎么,你都成了韩总啦?!"钟惊诧地问瘦猴。

"你不晓得吗?韩总办了一家茶厂,生意可好呢!"老乡的话中带有埋怨钟孤陋寡闻的味道。

"小本生意,辛苦着呢!乡亲们这几年靠卖茶、开农家乐,日子都宽裕起来了!"瘦猴有些不好意思。

漫行在骑游道上,钟觉得像在梦游一样。当年做梦离开牛碾坪,如今回到梦也想不到的牛碾坪,真是斗转星移、三十年河东三十年河西呀。

青衣江水滚滚流,蒙顶山茶遍天涯。贡茶最数蒙顶山好,藏族弟兄最爱蒙顶山茶。茶马古道马铃叮咚唱。扬子江中水,蒙山顶上茶。

陶醉在花海茶香情歌里,钟已经找不到自家老屋了。

2017 年 7 月

柿子红了
SHIZI HONG LE

故乡的雪

雪,这个天生精灵,恐怕没人不喜欢吧?

在文人眼里,雪可以抒千古之幽情,也可以诉丝缕之愁怨。"燕山雪花大如席",面对雪,谁有李白夸张?"忽如一夜春风来,千树万树梨花开",身处苍茫的边塞,谁又有岑参浪漫?"归鸿声断残云碧,背窗雪落炉烟直",飘零异乡,谁能比李清照沉郁?

这些都是先贤们眼里的雪了,我们只能从书中、传说当中想象、感受千年古风沉雪,而当我们目睹瑞雪飘飞的情景时,我们当是怎样的心情?

有一次,我坐车翻越泥巴山,未曾想到十月的山顶会飘起雪来。离开工作近一年的地方,心中说不清是留恋、担心还是惆怅,看见泥巴山顶纷纷扬扬的雪时,我心里不禁跳出如下句子:

寒冷时
我又一次

看到你的身影

你分明张开双臂
但我却不能邀你同行
旋转的车轮
碾碎的不是零落的泪
是我对你期待的心

寒冷时
我又一次
看到你的身影

我伸手就可以触摸到你战栗的心
但我怎么也打不破这扇薄薄的窗玻璃
我只能痴痴地看着你
幽怨地飘飞
在这孤单的山顶

寒冷时
我又一次
看到你的身影

浓雾合起灰衣
但我还是望见
你在山顶
织的一顶真情

柿子红了
SHIZI HONG LE

> 寒冷时
> 我又一次
> 看到你的身影

  这是在他乡邂逅雪的羁旅情思了。而故乡的雪给我的感觉是那么包容、那样纯净。

  没有一丝征兆，清晨起来，看见故乡漫山遍野都披上了雪白的衣服。马尾松头上顶着雪，白菜头上顶着雪，鹅卵石上顶着雪。雪无处不在，雪把她无言的温情，撒遍故乡的每一个角落，庇护着故乡的每一寸草木。雪兆丰年，阿爸笑了，阿妈乐了，阿爸阿妈的笑也是一片雪白。

  轻轻打开柴门，轻轻走上小径，面对满山满坡的白，你舍不得大声说话。捧一层雪白，你舍不得放下，那是怎样的纯净啊，你生怕你的粗鲁、你的不洁玷染了这圣洁。

  看吧，故乡的雪域之中，有一群孩子，他们穿得也许很单薄，但他们的脚步是那样矫健，他们一大早就走向学校，他们颈上的红领巾在雪色映照下，显得是那样鲜艳！

  让雪多待会儿吧，架上一堆柴火，乡亲们围坐在一起，一杯酒、一碗老腊肉，天南海北摆起龙门阵。这是一年当中最清闲的时候，也是乡亲们情感交流最温暖的时候，这些只是因为雪，她是乡亲们亲情堆积的红娘。

  "叽叽、叽叽"，几只红豆相思鸟从雪缝里跳出来觅食，它们不知道，院坝里的孩童正张网以待呢！

  哦，故乡的雪俘获了整个山川，却抓不住孩童们顽皮的心！

2020年6月13日

赶　场

　　场镇不大，人气却很旺。

　　一条河像蛇一样弯弯曲曲，穿过一片长长的开阔地。河两边，各有两排瓦房相向而立，形成场镇的基本骨架。河两边分属不同的地方管，两座石桥将河两岸连接起来，方圆十里八里的乡亲通过石桥来来往往，场镇上铺面、地摊五花八门，每逢赶场天，摊主的吆喝声，买家的砍价声此起彼伏，整个场镇像一口炸油窝的大铁锅一样"滋滋滋"冒着热气。

　　羊肉汤是场镇的一大招牌，蓝底白字的羊肉馆布招在街上迎风招摇。不用太讲究，就着一张方丁桌，搭上一根小木凳，你只需要吆喝一声："老板，来一碗！"一碗热气腾腾的土山羊羊肉汤立马就会摆在你的面前，再打上二两烧酒，把酒吃肉，静看熙熙攘攘的赶场客，或者你什么也不用看，闭上眼睛，让烧酒在你体内肆意张狂，直到场镇人声散尽，你才收拾行囊踏着暮色归去。

　　黄瓜、茄子、红椒，公鸡、母鸡、麻鸭，这些土土的

农家货物，在上场口呈"一字形"摆开，兜售它们的乡亲一大早就赶来了。只需用一截杆秤，一个背篼，乡亲们就可以完成交易，然后怀揣着一角、二角叠成的钞票，开开心心在场镇上溜达起来。饿了，吃上一碗抄手，来上几块发糕，一个中午就可以过得心满意足。

场镇上还有康乐球、图书馆、录像馆、电影院，只要你愿意，你可以花上一两毛钱，在这些地方消磨掉大半天时光。有一年，我和弟弟在文化馆里玩，看见里面摆着一副残棋，我们兄弟俩平时都爱下象棋，自以为棋艺不错，觉得残棋不过就是几个棋子嘛，于是冲上去同摊主对垒起来，谁知连下了三盘都是败下阵来。我们以前从来没有这么惨败过，兄弟俩的面子都有些挂不住，悄悄逃离了文化馆。这件事对我们触动很深，山外有山，人外有人，台上两分钟，台下十年功，要想拥有真本事，平时还得多学多练。

那年头，手头紧得很，我们小孩子赶场的机会不是很多，但我们仍会期望赶场天快快到来，因为父母亲会从场镇上给我们带些吃的东西回来。一包花生，一捧胡豆，一块油窝，我们都会吃得香香甜甜。我们总是从早上父母亲出门就盼起，但父母亲在卖完东西之后，一般会在场镇上和朋友摆下龙门阵，往往在太阳下山的时候才回到家中。即便回来得比较晚，我们几兄妹也不会埋怨，父母亲太累了，在场镇上能歇歇聊聊多好呀！

相比父亲而言，母亲更喜欢赶场。我家离场镇并不远，大约两袋烟的工夫就走拢了。但随着年岁的增长，身体的衰老，喜欢赶场的母亲也只能望"场"兴叹了。一次，母亲赶场回来，可能是脚关节出了问题，走到半途走不动了，只好坐下来，是邻居家的小孩路过看见了她，回来告诉我们，我们才赶过去把她背回了家里。从那次之后，母亲就很少去赶场了。她只是对我们说："你们去赶吧，回来时别忘了带几个零碎回来。"我们从此也乐得去赶场，因为不单可以玩乐一下，还可以给母亲带些她喜欢吃的零碎回来，让她老人家乐和乐和。

母亲赶不赶场，我们并不太担心，我们其实担心的是父亲赶场。父亲喜欢新鲜东西，我们担心他上当受骗。俗话说"人上一百，形形色色"，街上人多，有卖江湖打药的，有卖祖传秘方的，说得天花乱坠，父亲很容易听进去。有天黄昏，父亲赶场回来，兴奋地对我们说，他花了几块钱买了两块金元宝，我们一听就紧张起来。事实上，父亲是被骗了，一大早辛辛苦苦卖菜挣的钱买回来的是不值一文的假银圆。为这事，我们全家没少埋怨父亲，父亲也挺不好意思的。这事也教育了我们，遇事要动动脑子，才能分出个子丑寅卯来。

这是对四十年前故乡场镇的几片记忆了。听说故乡已经撤乡并镇，不知道那块场镇还在不在，是不是还依然热闹，我还一直念着哪天能回去吃上一块香喷喷的油窝呢！

2020 年 6 月 12 日

故乡的那条河

　　离开故乡有好些年头了，潮来潮往，物是人非，故乡也许不曾记得我这位在外谋生的游子了，但故乡的身影，尤其是故乡那条从我家门口流过的河，一直清清地流淌在我心里，不曾改变过一丝颜色。

　　说起故乡的河，妻子常常取笑我：那算什么河呀？充其量只能算是条小沟了。的确，因为妻子从小在青衣江边长大，青衣江又宽又长，是故乡的那条河没法相比的。但在我看来，故乡的河还得叫河，打小在我眼里，故乡的河一直是很宽大的，而且流淌过年少的我无穷的乐趣。

　　河水清清，可以濯我菜。小时候，家里没有安装自来水，洗菜是个麻烦事，要么在家里用井水洗，要么把菜拿到河里洗。在家里洗是没有拿到河里洗快捷、方便的，我们习惯用盆子把蔬菜端到河边去清洗。河水不急，清澈见底，我们蹲在青石块上，把青菜、萝卜、洋芋放在水里来回涤荡，只消一刻钟左右，一筼蔬菜便会洗得干干净净。端上菜走上田垄归去，且行且听，哗啦啦的水声渐渐消失在袅袅的暮色里。

河水清清，可以养我鱼。弯弯曲曲一条河，处处有鱼栖。那时候，故乡的乡亲种庄稼用的是人畜肥，河里没有化肥污染，水质不错，河里生长着大大小小、各种各样的鱼儿。摇着红尾巴的鲤鱼、身着青甲的鲫鱼，还有一些不知道名字的小鱼儿，冷不丁从水里跃出，溅出一圈圈柔美的波纹。河边老槐树根部，因为流水的长期冲刷，往往会形成很深的泥穴，这成了鲶鱼的安乐窝。挡住上游的河水，舀干槐树根边的积水，用手伸进根穴，便会捉出一条条青黄色的鲶鱼来。放进盆里，再用清水一冲，鲶鱼的整个身段便清晰展现出来，大大小小的鲶鱼，晃着青黄色的皮肤，摇着两根软软的胡须，在水里一张一合的，好看极了。

河水清清，可以消我热。盛夏季节酷热难耐。在离我家不远处的张石桥有一湾石堰围起来的水，这地方成了我们一群野孩子戏水避暑的乐园，荡漾着我们一整个夏天的快乐时光。我们把牛拴在河边，让牛也躺在水里享受清凉，然后我们脱光衣服，一个个一猛子扎进水里，直到憋不住气了，才从水里冒出头来，互相击水嬉戏，唱啊、追啊、跳呀，直到日落西山，我们才牵着牛儿回到家中。

河水清清，可以育我粮。水是生命之源，故乡这条河演绎着生生不息的生命图谱。这条蜿蜒流长的河流，沿途围着好几截堰，从这些堰导出的清流，沿着乡亲们修的沟渠流向河两边的层层田垄，故乡的人间烟火由此生动起来。小麦的清香、玉米的甜糯、稻谷的丰盈，皆因河水而生，因河水而长，因河水而成。这一河清水，从春流到

冬，从古流到今，从今天流向未来，不因世事沧桑而颓废，不因人情冷暖而嬗变，始终如一，从容而去。

2020年6月10日午

捉黄鳝

最近参加一位朋友的宴席，吃了一道家常鳝鱼，这是一道地道的川菜，其味鲜美之至。在大快朵颐之时，我不禁想起了在老家捉黄鳝的趣事。

老家属丘陵地带。成片的马尾松林，苍翠欲滴，挺拔伟岸，像一队队卫兵列着方阵守卫着一垄垄稻田。或方或长的稻田镶嵌在松林间，从春播走到秋收，从青绿走向金黄。在稻田完成生命孕育一直到秋收的过程中，有数不清的造访者光顾稻田。

在稻秧葱绿之时，不时有白鹤光临，它们优雅地行走在稻秧行间寻找食物，荸荠、蚌、螺、昆虫，都是它们的美食。还有一种光顾者，叫秧鸡，它们取食稻秧嫩芽，还食昆虫和小型水生动物，它们在密草丛中筑窝，产卵孵子。

白鹤、秧鸡是稻田比较大型的外来造访者了。在秧苗刚插下不久，其实就有个小"土著"开始扎根稻田，这位土著就是黄鳝。

黄鳝是鳝鱼的俗称,老家人一直称鳝鱼为黄鳝。那时,老家种水稻,多数用的是人畜肥,化肥是不常用的,所以在水田里长大的黄鳝生态得很,肥而硕长,肤色金黄,招人喜爱。但小时候,我们并不知道黄鳝是可以做菜吃的,我经常下田捉黄鳝,只是为了给我家那只大花猫享用。只要不上学,我会行走在稻田间,寻找黄鳝躲藏的地方。在这方面我很有经验,往往只需要两三袋烟的工夫,便会满载而归。我因此得了一个绰号叫"捉黄鳝的娃娃(儿)"。我的经验其实只有一条:在有水的稻田里,看看田边有无黄鳝打的泥洞,不需要借助其他工具,只用脚伸进洞里,用脚掌用力往泥洞里搅泥浆,黄鳝往往受不住折腾,尾巴先从泥浆里冒出来,待黄鳝全身露得差不多了,用食指和中指使劲一夹,就可以把黄鳝捉在手中了。这一招很灵验的,我几乎没有失手过。只是有一次,黄鳝没捉到,反而被吓得不行。

　　那是在尹表叔家的那块大稻田,我找到了一个洞穴,轻车熟路,我开始施展拳脚,谁知弄了半天,黄鳝的影子都没看见,倒是出来了一截泥土色的尾巴。那不是蛇吗?是泥圈蛇!我从小就怕蛇,看到蛇就浑身瘫软。我吓得脚耙手软,心里"咚咚咚"跳个不停,赶紧从泥洞里抽出脚来逃回了家中。

　　黄鳝捉回家,用火钳把它们夹进灶膛里用火烧,烧得弯成圈后,就可以出灶膛给享用者了。这时候,享用者大花猫是最幸福的了,它牙爪并用,撕扯着黄鳝,发出"喵喵喵"的叫声,三下两下连骨带肉就把黄鳝给吃掉了。大花猫其实挺讲卫生的呢,美餐用完后,它还会用舌头擦舔干净嘴唇上的残渣呢！

  知道黄鳝可以做菜吃的时候，是在知青下乡的年头了。那些城里来的知青说，黄鳝好处多得很，有补血、补气、消炎、消毒、除风湿等功效，城里的人特别喜欢吃黄鳝呢，生产队稻田里的黄鳝可以捉来卖给城里人。这个我没有试过，因为我们几兄妹做生意的意识是很差的，这方面常常被父母亲批评提醒，却始终没有进步，明知道田里这些东西是钱，也羞于拿到街上去换成钱。生产队其他人家就不一样了，想着法儿去挣钱，我因此见识了队里有长阿爸他们那一套捉黄鳝的手法。

  夜幕降临，生产队的稻田间，往往会亮起一束火把，这火把不用说，是有长阿爸他们为了捉长黄鳝点亮的了。在火把的照引下，有长阿爸伸出一支带钉的长竹竿，照水田里露出身段的黄鳝打下去，一钉一个准，黄鳝被一条条收入背篓中盛着水的袋子里。第二天一早，有长阿爸他们会背着黄鳝到十里开外的黑竹乡街上去卖。那里是通向成都的一条要道，买的人基本是去成都的大车司机，卖的收入了好价钱，买的得到了新鲜的美食，皆大欢喜。

  现在要想在老家捉黄鳝已经不可能了，老家的泥田好多变成了茶地，黄鳝踪迹难觅，小时捉黄鳝的经历成了永远的追忆。

2020 年 6 月 8 日晚

老 家

离开老家已经三十多年了，很少回去看看，但奇怪的是，梦里的背景却老是有小时候老家的印迹。端着一把新崭崭的冲锋枪，眼见敌人冲进战壕，却扣不动扳机，叫人好不着急，而壕里壕外，全是老家齐腰深的茅茅草；单位组织考试，快进考场了，重重地摔了一跤，爬都爬不起来，定睛一看，走的是老家凹凸不平的泥巴路。

不常回老家的原因很多，其中一个重要的原因是父母亲都不在了。老家忆，最忆是双亲。赐我以生命、哺我以康体的父母，他们当年是多么的艰难困苦呀，风里来雨里去，他们当年不知吃尽了多少苦头，才把我们六姐弟拉扯成人！我至今记得父亲当年上公粮，喘着粗气，大汗淋漓，一个人吃力地将二三百斤重一袋的稻谷一袋一袋抱进拖拉机车厢的情景。母亲刚生下我们十多天，便赤脚踩进水田打猪草。父母亲对于我们，是毫无保留几乎耗尽生命的爱。对于父母的爱，我这辈子是无法回报了，梦里相对的常常是他们在林地里孤独的坟茔！

老家的人浑身散发着泥土气息，一想起他们的质朴、真诚、热情，心里就觉得暖暖的。他们的衣着并不华丽，也无法华丽起来，但哪怕是简单得不能再简单的蓝布衣服，穿在身上也是干干净净的。一家有难，不光是邻里，甚至整个生产队的人家都会行动起来，帮助渡过难关。记得小时候我有次生病，病得有点重，父亲和母亲商量得送医院，当时有点晚了，天还下着大雨，生产队的述曛老爷几个人听说我病了，跑到我家轮流抱着我，踏着深深的泥泞朝十几里路外的公社医院冲去。述曛老爷其实是个鸭倌，他为生产队养鸭子。春夏秋冬，起早摸黑，只见他戴着斗笠，披着蓑衣，执着长竿，吆喝着鸭儿，行走在青山绿水之间。他每年都会为生产队养出好几百只肥壮的鸭子，和人相处时，他却老是衔着一把黑黄的烟斗，闷声抽他的叶子烟，你丝毫看不出他有吆喝鸭子的能耐。

　　老家的林地很宽，三个姐姐和我们两兄弟出去之后，妹妹一家人从外地搬了回来，照顾一大片林地。先前密密的灌木丛已换成绿绿的茶地，老家人单靠种茶、摘茶，就可以有些收入了。那天突然想起侄儿在西藏当兵，说是一家人，其实只有妹夫妹妹两个人，常年在家的妹妹该不会很孤单吧？于是我给妹妹打了电话，妹妹说还在摘茶呢，都八月的天气了还有茶摘，只能怨自己不懂茶事了。妹妹说，从明前茶摘起，一直到十月份，老家都有茶摘，虽然越往后价钱越不高，但终究有事做，还有些收入，日子充实得很呢。这让我想起以前待在老家的时光了，只是放学后帮家里放放牛躺在牛背上睡睡觉，回家后挑挑水，做做饭，日子单薄、松散如一缕炊烟，哪像现在这么实在啊。

柿子红了

SHIZI
HONG LE

　　老家山坡上有一大片橘子林，那片橘子林至今令我刻骨铭心。春天，白色的橘花散发出缕缕清香，沁人心脾。到了秋天，一树树金黄的橘子招惹得鸟儿上下翻飞，当然也诱得年少的我们咽着层层口水。然而，生产队请来了当过抗美援朝志愿兵的龚表叔看守橘林。龚表叔相当敬业，橘子林俨然成了他坚守的阵地，他端着一支乌黑的火枪来回巡逻，吓得我们不敢越雷池半步。有一天下午，我到橘子林旁边的猪舍去放牛，发现龚表叔从橘子林走出来回家去了，心中不免大喜。我快速骑着牛跑过橘子林边的机耕道，恰巧碰上也出来放牛的小兵，我告诉他龚表叔这会儿不在橘子林，小兵大声说："快，我们爬过水沟上去摘橘子吃。"我俩一拍即合，迅速爬进沟，我做人梯，小兵站上我的肩，抓着沟壁的草甸准备爬上橘林。想着马上就要吃上甜甜的橘子，我心里咚咚直跳，激动不已。

　　我正想叫小兵动作快点，突然从橘林里爆出一声大吼："站住！"站在我肩上的小兵吓得跌下来，满身溅满了水花。原来，龚表叔并没有回家休息，他端着火枪现场捉获了我和小兵这两个小毛贼。

　　那算是我少不更事时的一次"越轨未遂"吧，龚表叔的那一声吼、那一支乌黑的火枪从此深深印在我心里。人的一生，会走过很多路口，会面临诸多选择，在关键的渡口，如果有人指引摆渡，或许会更好达到阳光的彼岸。无疑，龚表叔是我成长历程中十字路口上的摆渡人，我当铭记在心，无论贫穷还是富裕，我们都得关住心中的非分之想，锁住一份童心砥砺前行。

　　岁月如刀，山川也会易容，然而，在我心里父辈的养

育之恩深似海，不曾因时间、空间的变化褪去一丝色彩，心怀老家的山水人情，再远的行程也不过是眉睫之距。

2020 年 8 月 22 日晚

谁家喜鹊脆飞声　声声吹绿故园情

喜 鹊

　　记忆中的老家,鸟儿挺多。田野间,丛林里,小溪边,到处都有鸟儿在跳跃。麻雀的灵巧、翠鸟的宁静、画眉的婉转、白鹤的优雅……还有一些不知道名字的鸟儿,冷不丁会扑入你的眼帘,叫人好不欢喜。在老家众多的鸟儿中,有一种鸟最令我喜欢,那就是喜鹊。

　　喜鹊不单声音好听,也很受看。它一袭黑白的打扮显得轻巧、朴素、雅致、优美。喜鹊还很机警,它们寻找食物时常常有一只鸟负责守卫。雄鸟在地上找食时,雌鸟就站在高处守望;雌鸟取食时,则雄鸟当哨兵。如果发现有危险,守望的那只会发出惊叫声,同取食的伙伴一起很快飞走。

　　喜鹊是吉祥的象征,自古有画鹊兆喜的风俗。在老家,高大的枫树、硬朗的青杠,都是喜鹊喜欢筑窝的地方。湛蓝的天空,翠绿的树林,不时有喜鹊上下翻飞,清风荡漾间传来喜鹊清脆的叫声,组成一幅生动、喜庆的图画。小时候,每次放学回家,一路上只要听到喜鹊"喳喳

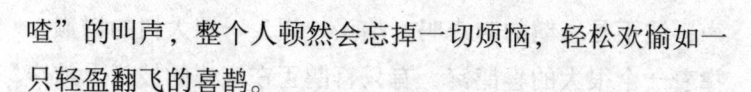

喳"的叫声，整个人顿然会忘掉一切烦恼，轻松欢愉如一只轻盈翻飞的喜鹊。

离开老家上学之后，就很难看到喜鹊，也很难听到喜鹊的叫声了。听老人们说，人多的地方喜鹊也多。但至今我仍然觉得很奇怪，在我读高中的月华山上，那么多的学子，那么多的松树，却没有看到过一只喜鹊的身影。而在重庆读书的时候，茫茫雾都，我也不曾听到过一声喜鹊的鸣叫。所以，在我看来，老人们说的话也不见得都很灵验，至少他们在喜鹊的说法上，我不太赞同。

这是在南方，喜鹊留给我的一段段念想。

我不曾想到，有一次去北方，喜鹊给我的却是另一种感受。

那是北方的一处海滨，我去那里参加业务学习培训。临行前，朋友们羡慕地对我说："每年国家会组织有贡献的专家去那里疗养，你能去那里真是幸福。"带着朋友们的羡慕与自己的憧憬，我飞到了那处海滨。

初春的海滨，显得格外的宁静。清新的空气，蔚蓝的海湾，舒适的步游道，让人身心愉悦。然而，随着培训的开始，好多同学全然没有享受风光的心情了。紧凑的课程、严格的考勤、密集的测试叫人喘不过气来。有位同学平时心理就有些问题，一听说还要考试就紧张得睡不着觉，差一点自寻短见。学校见状怕出事，安慰大家说不要紧张，考试是要考，但是都能过关的，这才让大家稍微缓了口气，但气氛还是让人有些压抑。处在这样一种氛围里，不能不让人有些思念千里之外的家了。

有天早晨我在校园里散步，突然听到"喳喳喳"的叫

声，这不是喜鹊的叫声吗？抬头一望，一棵大树的树巅上撑着一个很大的喜鹊窝，有只喜鹊正在窝边的枝丫上放声歌唱。没想到在遥远的北方也会见到喜鹊。可此时听到喜鹊叫声的我，已没有儿时那种欢快的心情，反倒是浓了思乡情。

　　谁家玉笛暗飞声，散入春风满洛城。
　　此夜曲中闻折柳，何人不起故园情。

　　李白当年客居洛阳城，大概在客栈里听到笛声而触发思乡之情，在《春夜洛城闻笛》里写出上述诗句。而此时那只喜鹊的鸣声对我来说可谓是：谁家喜鹊脆飞声，声声吹绿故园情。所以，培训一结束，我便收拾行当赶回了家。

　　回家，回到这座川西小城，当然难以看到成群的喜鹊。但毕竟离乡下很近了，离我儿时的喜鹊声更近了。

　　如今的老家，枫树、青杠无处追寻，茂密的灌木林也荡然无存，取而代之的是一垄垄茶地。喜鹊已无栖息之地，喜鹊声碎只能滴落在我的梦里。

2020 年 3 月 14 日

打"土猪"

20世纪70年代中期,老家发生了一件事,令我至今印象深刻。

那时,我大概六七岁的样子。往常我们会约村子里的小伙伴们耍,但那段时间大人们警告我们别到处乱窜,林子里有"土猪",会吃小孩的。我们被吓得不行,即使走出离家不几步远的地方,也是小心翼翼,生怕遇着土猪,让土猪给吃掉了。

听大人们说,土猪凶得很。土猪作乱的地方是在生产队一个叫青龙嘴的地方,乡亲们辛辛苦苦在附近种的玉米一夜之间被吃得干干净净。那年代,玉米是乡亲们的主食,主食没了,日子肯定没法过下去。因此,保卫玉米就是保卫口粮,找到罪魁祸首并消灭它,成了生产队的人们必须打的一场硬仗。

青龙嘴有片茂密的马尾松林,林子里油茶、荆棘丛生,还挤满了一人深的凤尾草。经过排查,吃玉米的家伙就藏在林子里的洞子里。它们是"土猪",这是生产队的人们对这种"入侵者"的称呼,土猪的学名是什么到现在

大家都说不上来。打这土猪还真不容易，听父亲讲，生产队出动了二三十名壮汉，述孝老爷放出了四条猎狗，才把几只土猪从泥洞里拖出来。土猪毛色棕黄，脚趾似狗，体重二三十斤，体形不大，却异常凶猛，述孝老爷放出的四条猎狗有三条被土猪咬伤。

土猪虽被消灭了，可我们这些小孩子还是怕。大人们说了，还是不要乱跑，说不准哪个地方还有土猪窜出来呢！土猪是啥样子，我一直没有见过，只知道土猪是不受人待见的坏东西。憋在家里久了，还是要冲出去耍的。有天我跑到叔叔家隔壁的兵兵家去耍，我和兵兵正在地坝里玩得起劲的时候，兵兵的奶奶大声对我们说："那就是土猪小崽，快去撵，别让它们过来。"我们初一听吓了一跳，等回过神来一看，原来土猪崽不过是有两只小脚掌的小东西嘛，还叽叽喳喳地叫个不停。我和兵兵胆子大起来，拿起木棍一阵狂追，几只小东西瞬间被我们撵进荆棘丛里消失得无影无踪。

那天中午回到家里，向父亲讲起打土猪的事，父亲笑得前仰后翻："傻娃娃，那不是土猪，那是兵兵邻居家的小鸡崽！"

那时候，我们家是没有养过鸡的，也没有电视之类的稀罕之物，获取知识的渠道少之又少，我们哪认识鸡呀猪呀之类的东西？现在想起来，那时候的小孩子可真天真、真单纯。

天真有时候是因为无知，无知的天真可能会被利用。我们可能足够成熟，但我们不可以以我们的成熟利用他人的天真。这是我从这件事得出的一点体会。

2020 年 3 月 16 日晚

阿黄阿花

忠诚、护主，狗这性灵之物，好些人家都喜欢养。比较起来，城里人养狗和乡下人养狗是有些区别的。城里人养狗，多半是养"宠"，而乡下人养狗，多半是看家之用了。

印象中乡下养狗不单要养，而且要养"恶"狗呢！这个"恶"不是坏的意思，是说养的狗一定要有个性，要凶悍，对进入主人家的非请之客、非请之物要及时阻止。因为那时的乡下家家户户独门独院，月黑风高，主人在一天的劳累中酣然入睡，有条尽职尽责坚守夜岗的狗儿实在是太重要了，可以防范鸡鸣狗盗之徒潜入院子偷东西。有年快过年了，生产队张家宰了头过年猪，喂了一年的猪，膘肥肉壮，主人家乐呵呵地把几十块猪肉抹了盐挂在做饭的那间厨房的房梁上，让柴火烟熏着，以备过年食用。快到年三十的一天，主人早上起来发现悬在梁上的肉全被偷走了，气得捶胸顿足。肉被偷的一个原因，就是没有狗儿护着。

我家自然也养狗，累计下来养了好几条。每次养狗前，我家都要商量小狗崽谁去抱。抱小狗崽在乡下是有讲

究的。乡下人认为性情温和之人，是不可以去抱的，因为畜随人性，性情温和之人抱回来的狗会和抱它的人一样温和，是不能看好家护好院的。狗善狗凶，其实和抱它的人没有什么关系，但乡下人信这个。所以，虽然每次全家都会商量，貌似很民主，但抱小狗崽的任务，往往会落到父亲身上，因为父亲在我们家里最凶最权威。

　　离开乡下很多年了，我家前前后后养的几条狗，我只记得阿黄和阿花了。

　　阿黄全身毛色都是黄的，我家便唤它"阿黄"。阿黄真是好养，我们只需喂它些剩菜剩饭，它便吃得心满意足。白天，我家是把阿黄拴在屋柱上，只在晚上将它放出来。阿黄很听话，在家囚禁了一天，得着放风的机会，也只在外面兜兜风，便乖乖回到家里坚守岗位了。

　　阿黄不单好养，还很凶。有生人来，它会大声叫起来，提醒我家注意。有邻家的鸡窜入我家院子，它会毫不留情将其驱赶出境。但阿黄在我家没有待多长时间，便永远地去了，叫我家好生心痛。一天，阿黄放出去后好几天没回来，我们以为再也找不见它了，但有天下午阿黄回到了家，它躺在院子里奄奄一息，仔细一看，它的颈项中了一刀。阿黄不能说话，我们猜阿黄应该是在外面遇到想烹它之人的毒手了，阿黄拼命逃脱归来，可惜刀口太深，加之那时没有相应的医疗条件，阿黄没几天便去了。

　　家里是不能缺狗的。阿黄走后，父亲从很远的地方抱了一只狗崽回来。黑白相间的毛色，再佩上个响亮的铃铛，满院子蹦跳的小狗崽很快填补了我们对阿黄的思念，给全家人带来了快乐，我们叫它"阿花"。

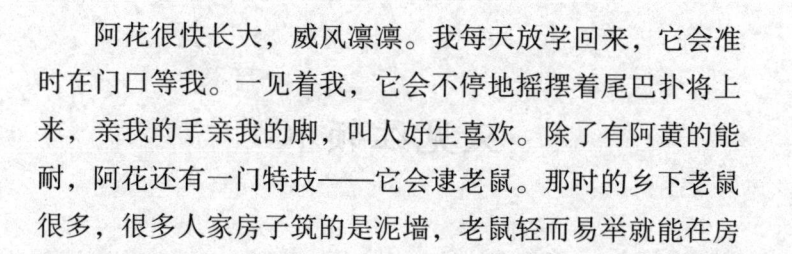

阿花很快长大，威风凛凛。我每天放学回来，它会准时在门口等我。一见着我，它会不停地摇摆着尾巴扑将上来，亲我的手亲我的脚，叫人好生喜欢。除了有阿黄的能耐，阿花还有一门特技——它会逮老鼠。那时的乡下老鼠很多，很多人家房子筑的是泥墙，老鼠轻而易举就能在房子里安营扎寨。阿花会用爪子伸进墙洞把老鼠捉拿出来。阿花还会卧在地上，守洞待鼠，待老鼠跑出来时一跃而上，将老鼠衔在嘴里。

　　阿花的凶，名闻十里八乡，路过我家的人都这样说，所以还没经过我家，好些乡邻便战战兢兢了。其实，阿花还是有分寸的。只要不是闯入我家的不速之客，它往往只是大声叫叫，吓唬吓唬，是不会动口伤人的。但祸从口出，阿花的凶、阿花的吓人最终给阿花带来了性命之患。

　　那时，我父亲是生产队队长，上边派了工作组进驻生产队，为了工作方便，工作组的那位阿姨要住在我家里，但她第一天来时便被大声叫唤的阿花给吓着了。伤了工作组的人可不是好事，大家提议把狗给杀了以除伤人之患。这事我放学回来才知道，然而阿花已经命绝。听大人们说，阿花真是命长，打了七棒才殒命。生产队出动了四五个人，七手八脚就在我家把阿花烹了，那晚一群人在我家热闹了很久，我听见他们说，狗肉好香，我满心伤感，一口也没吃下。

　　从那以后，我家就再没养过狗了，阿黄阿花成了我永远的怀念。

2019 年 9 月 6 日

又见红领巾

很久没有看到儿子了,打电话回家问他上学情况。儿子说:"爸爸,我戴上红领巾啦!"

"红领巾……"拿着话筒的我一时语塞。对于我来说,红领巾既新鲜,又久远。

20世纪70年代末,在老家上小学时,自己戴上了红领巾,甭提有多高兴了。那时,家里兄妹多,经济不宽裕,兄妹几个在过大年的时候才能穿上一件新衣服。平时,一件衣服洗来洗去要穿很久。这下可好了,突然间颈上多了一条鲜艳的红领巾。新旧之间对比强烈,就觉得是穿上一件崭新的衣服了,就觉得是在过年了!走起路来,胸口挺得老高!然而,老师严肃地告诉我们,戴上红领巾,可不能图好看,而要保持一颗爱祖国、爱人民的心,争做好学生,当好接班人。于是,平时野惯了的手脚,竟变得规规矩矩起来——不再欺负同桌的女生,不再乱骂人,也不再打架了。回到家里也是一样,难怪母亲拍着脑袋说:"这孩子,怎么突然变了样,像个大孩子啦!"

然而，变化还不单是这些。那时学校提倡学习雷锋好榜样，鼓励多做好人好事，戴上了红领巾就更要这样做了。那时田地还未包产到户，可生产队的伯伯、婶婶们一大早起来，常常瞪大了眼睛：这麦子是哪个帮生产队收好了？他们不知道，那就是我们这些戴着红领巾的娃娃干的！那就是放学回家的我们，跟着同样戴着红领巾的哥哥姐姐，趁着天黑悄悄摸摸地干的——因为老师讲过，做好事是不留名的。做了好事的我们，心中充满甜蜜，到现在回想起来，那甜蜜又像一壶揭开盖的老酒香气四溢！

如今，离开老家已很多年，听家里人说，老家已红砖碧瓦，旧貌换新颜了。但不知道老家的孩子们是不是还没变——是不是还觉得戴上红领巾是件很光荣、很神圣的事情。我想，恐怕还是不会变的。所以，对于今天戴上红领巾的儿子，远离土地的儿子，做父亲的我还是要把一些话传下去。

"戴好红领巾，多做红心事！"

2005 年 10 月 31 日

柿子红了
SHIZI HONG LE

永远的红番茄

秋意渐浓，我又想起给我红番茄的李爷来了。

那是在老家，一个秋天的下午。儿时的我一个人在家耍饿了，便去找爹妈要吃的。爹妈和生产队的人正在青龙嘴的坡地上锄草挣工分。青龙嘴离我家住的干冲子地不远，因形似青龙之嘴而得名。我旋着一根木棍朝青龙嘴走去。

暖暖的阳光，金子般洒在松林上，从树缝中伸出千万只手，变幻着，晃动着，像是在跟松枝嬉戏。林间小路上，铺着一层细细的、黄褐色的松针叶，松针叶轻轻地在微风里颤动，像是在睡梦中不经意地翻身。就要走过李爷家后边的那片松树林了，心中变得欢快起来——走过去，过几条田坎，跳过一条小河沟，就可以爬上那块山坡坡了。

冷不丁地，从路边钻出三条黑黑的大狗，张牙舞爪向我冲过来。我向来是不怕狗的，但那天的狗有些怪异，不单数量多，而且还特别大。尽管我拧紧棍子对着它们，可三条狗一点也不害怕，反而叫得更凶，大有一冲上来的架势。我慌了手脚，忍不住大声喊起来："救命呀，救命！"

不知为啥，对面山坡上的人们却没有听到我的喊声！就在自己快绝望时，突然间响起一声大吼："滚开！"

三条大狗瞬间没了踪影。定睛一看，原来是李爷。

李爷抱起眼泪汪汪、面色惨白的我径直走进他家里屋。几缕阳光从木窗格里斜射下来，柔柔地洒在深红色的木箱上，绽出几圈七彩的小光晕。我看见李爷伸手向柜子上的木箱盖摸去，手里握住了一块东西。"快吃吧！"李爷温和地看着我。天哪！竟是一个红红的、大大的番茄！我双手抱着红番茄，几口就吞进了肚里！

那天回家去，向爹妈讲起自己的遭遇，爹妈一阵惊讶："你李爷这几天身体不好，一直在家养病，他哪里来的力气冲出来撵狗啊？那个红番茄，多半是你奶奶从场上买回来，给他调口味的。他一点都不心痛地拿出来给你吃，真是大方。"

20世纪70年代的老家，红番茄是比回锅肉还稀罕的东西。那时，老家人的日子过得紧巴巴的，一个月才能打上一次牙祭，也就是吃一顿回锅肉。用现在的眼光来看，那肉肥得不得了，是无法咽下去的。可在那年代，肥肉煮好之后，配上韭菜，在锅里炒几下，放上盐巴，就是一道美味佳肴。劳作一天之后的家人，围坐在方桌边，举筷夹肉，三下两下，碗里就不会剩下一滴油星儿！蔬菜多不多呢？南瓜、四季豆，倒是顿顿吃，天天吃，月月吃。但要吃上红番茄，就比吃回锅肉还要难了——那时的老家，猪倒是有个别人家能喂肥，番茄却不见有人能种好。离开老

柿子
SHIZI
HONG LE
红了

家二十多年，世事的沧桑，人情的嬗变，常常让我不由自主地想起那个红番茄，想起李爷。李爷那时并不老，才三十岁，但因为他的辈分比我高两倍，所以我得叫他李爷。叫惯了，他的真名倒不记得了。李爷现在该过得很好吧？这些年，工作太忙，加上孩子太小，始终脱不开身，一直没能回去看看他。上个月，从来城里看孙子的父亲口中，我终于得到了李爷的消息。

李爷有两个儿子。大儿子在家种庄稼，二十出头便成了家。小儿子考上西南的一所大学学装潢专业，自费的，三年下来花了不少钱，把李爷家的老底几乎抖光，李爷本人背也累驼了许多。他的小儿子毕业后，在城里自谋职业，几年下来，终于闯开一条路子，开了一家装潢店，店子虽小，生意倒还接得上，这使曾后悔送娃读书的李爷宽了不少心——他好长时间想不通，儿子千辛万苦读了大学，还得自谋职业，这是哪竿子事呀！他不晓得，现在读大学国家是不包分配的。如今，挂着拐杖的他，常靠在院门口张望，逢人便说："这钱花得值不值？你看我家老幺，在城里赚钱了，他还要买房接我进城过日子呢！"

唉，真想回去看看李爷，不知他还记不记得那年给我红番茄的事！

2008年8月12日

亲情如春草
更行更远还生

我的父亲

父亲和我在一起的时间并不多，但我却深深地记住了他。

父亲生于1939年，比母亲要小好几岁。父亲有个弟弟，父亲对他很好。父亲的弟弟，也就是我的叔叔，不常到我家，但从叔叔对父亲的只言片语中，我感觉叔叔是很尊重父亲的。

"哥吔，这个海鱼很巴适的，你尝尝。"有年，叔叔从沈阳当兵回来，带了一包干海鱼给父亲，我们全家匀着吃了好几顿。那年头，猪肉都是稀罕之物，更不要说是海鱼了。我不记得父亲是用什么法子把那干干的海鱼做好给我们几姐弟吃的了，只记得那味道怪怪的、香香的，好吃得很。父亲边吃着海鱼，边点着头说："娃儿们，我这兄弟不错吧！"

叔叔是父亲送他去当的兵，叔叔当兵回来后，父亲还送他去雅安的四川农学院（现在的四川农业大学）读了几年书，拿到了大专文凭。那时候，中专生都很少见，更不要说是大专生了,加上有参军的经历,字也写得好,叔叔受到了重用,在名山县百丈区政府当上了文书。只可惜叔叔后来得了胆结石,年仅 39 岁的叔叔在做胆结石切除手术时出了问题,全身浮肿,病情越来越重。叔叔在医院救治时,父亲一直照顾他。叔叔在临终前无比留恋地对父亲说:"哥吔,我这人不行了。"叔叔的去世,让父亲很伤痛。他怎么也接受不了他唯一的弟弟英年早逝的现实,唉声叹气了好几年。

父亲对我们几姐弟的好当然不在话下。父亲当过生产队队长,他有时要去县上开三级干部会。回来时,父亲总会带回来一些东西给我们吃。有一次,他用布挎包装了几个馒头回来,我们捧着馒头,别提有多高兴了。那时候,在乡村是很难吃上馒头的。父亲其实是忍嘴不吃,每天节省下会议伙食供给的馒头。因为放的时间长了些,那馒头带有一股馊味,可我们吃起来却觉得特别的好吃,三下两下吃得片渣不剩。

我是家中的长子,我前面有三个姐姐。那时的乡村,生儿传宗接代的观念比较浓。直到母亲生下我之后,父亲才长舒了一口气,他觉得终于可以向祖宗交代了。父亲对我特别好。但父亲对我的好,我那时却有点抵触。父亲常常悄悄进入我的房间看睡着了的我。他以为我是睡着的,其实他每次打着手电筒进来我都知道。他借助调低了的手电筒光看我,往往会看上好几分钟,一声也不吭,只是静静地看,然后又轻轻地离开。我那时假装睡着,心里觉得父亲好烦,希望他赶快离开,没有理解到那是一个父亲对他的儿子无言的关注、深情的爱护。

父亲对人热情,爱帮忙。父亲做得一手好菜,村子里

的乡亲办宴席常常请他去主厨。那时候乡坝里的宴席没有现在这么多菜肴，只是杀一头猪，就可以做出好几桌味美的宴席来。宴席叫"九大碗"，开席时，桌上会上足九道菜，其中红烧膀肉、清炖酥肉是主菜。父亲做酒席用的调料不多，主要是用海椒、八角、三奈作佐料，熬上一个通宵，香喷喷的酒席就做出来了，十里八乡的亲朋好友往往吃得心满意足，叫主人家好生欢喜。父亲做饭麻利，味道又好，因此请父亲的人家越来越多，父亲忙不过来，不得不推辞了一些。主厨不单是个技术活，也要靠好的体力。后来，父亲年岁大了，身体支撑不下来，父亲不得不收起他的主厨家什。

  父亲没读过几天书，却爱看书，还学以致用。他常常捧着一本《毛主席语录》看，边看边念念有词。我们几姐弟吵架时，或者对他和母亲态度不好时，他往往会大声搬出语录：对待同志要像春天般的温暖。我们立马会被他严肃的表情镇住，不敢再造次。父亲还爱看黄历书，一年四季，什么节气，该做什么农活，他记得很清楚。父亲特别喜欢看春倌的书，他常给我们讲春倌说春的故事，朗朗上口，很好听："进了腊月门，春倌忙煞人。跑断了长脚杆，磨破了厚嘴唇。""正月里来是新年，香花蜡烛摆神前。半夜子时辞旧岁，鸡鸣丑时是新年。"……有年父亲提前买了说春的书，没日没夜在家里操练。他说他要去当春倌，去为每家每户送春报喜。他其实是想去说春挣几个钱贴补家用。母亲和我们觉得当春倌挺丢人的，不同意他去，父亲只好作罢。春倌没当成，但父亲能说会道的长处派上了用场。生产队人家户多，难免有个磕磕绊绊。人家户与人家户闹矛盾了，父亲会主动去排解。哪家屋里人吵嘴打架了，父亲会热心去和稀泥。有时候，人家会主动找上门来，要父亲帮忙解决疑难杂症。父亲成了十里八乡出名的调解员。

父亲为了养活我们六姐弟，一生受尽艰难困苦。有相当一段时间，生产队是集体劳动，每家每户靠出劳力挣工分，年终生产队会结算工分发放粮食等东西。父亲总是早出晚归，尽量多表现、多挣工分。记得春耕犁田时，父亲把我背在背上，一边哄着我，一边在水田里吆喝水牛拖动犁铧，一分分、一亩亩烂泥田在他的来回走动中变得规整。我那时还小，觉得父亲的吆喝声是件挺好玩的事情，并没有意识到他因为背着我劳动，要付出比其他人更多的劳累。到秋天生产队收稻谷时，父亲会背上一个大背篼，挂上一根呈叉状的棍子——他需要背上三百斤左右的谷子，走两里多的路。走得累了，他就用棍子从背后撑住背篼，站着歇一下，再坚持背下去，一背篼一背篼把谷子背到生产队的工房。一天下来，来回二三十趟，父亲肩膀上磨出了深深的印痕，时间长了，结出厚厚的茧疤。劳累一天回来，父亲会躺在家里的木凳上，抽上一袋叶子烟。他不说话，只是一个劲地抽，一个劲地吐出一圈圈烟子来，父亲一天的疲劳仿佛随着他吐出的烟子消散而去。

中午和晚上，是补充体力的时候，劳累不堪的父亲往往把新鲜的饭菜留给我们几姐弟吃。父亲是受过苦的人，他不准我们丢掉家里的剩菜剩饭，他会一口一口吃完。那时家里粮食不够吃，父亲和母亲会间做些玉米馍馍、粗面疙瘩吃。我那时不太懂事，特别不喜欢吃玉米馍馍、粗面疙瘩。父亲总是让我们先吃米饭，他却一口一口吞咽下那硬硬的玉米馍馍、淡而无味的粗面疙瘩，一边吃一边说很香很香。

父亲是生产队队长，多次被评为先进，他从来不利用队长之便占便宜。他对生产队工作的认真负责，从他对粮食的爱惜上就可以看出来。每到生产队打谷收麦时，他总要叫我们跟在大人后面，捡漏掉的谷子、麦穗，并交到生产队去。他说掉在田地里怪可惜的，一定要珍惜。

　　父亲是一个讲究干净的人。家里虽然不宽裕，但父亲和母亲总把我们几姐弟收拾得整整洁洁的。我家那时住的是泥墙房，地面也是用泥巴夯实而成，常常会起些灰尘。父亲每天总是起得很早，把屋内屋外打扫得干干净净的。父亲一直有个习惯——喜欢白色。他的内衣是白色的，袜子是白色的，连鞋子也是白色的。他说白色给人干净的感觉，穿起来很提劲。妻子曾好奇地问过我好几次为什么那么讲究卫生，我想我的这个习惯是受父亲的影响吧。

　　在城里工作的我，始终是父亲的骄傲。他常常对人说，他这辈子不担心什么了，因为他的儿子在城里工作。事实上，作为儿子的我并没有给予父亲多少帮助。在他病重期间，我曾陪他住过半个月的医院，医生说已没救了，劝我们带他回老家。在父亲将要离去的那几天，我回去看过他几次。在最后一天，父亲一动不动躺在床上，眼睛里满是希冀。父亲已不能说话，我没办法和他交流，但我感觉他在生命的最后一刻仍然抱着希望。

　　的确，父亲是一个很乐观的人，他一直对生活、对未来充满希望。他希望他的女儿都有个好姻缘，他希望他的儿子都有出息，他六十九岁的生命历程，虽然有些短暂，却给我们几姐弟留下了受用不尽的精神财富。

2019 年 6 月 1 日

我的母亲

母亲享年只有 78 岁。她老人家一生很累，尝尽艰难困苦，却不曾享受过多少幸福安康。想起母亲，我心里总有不尽的眷恋、遗憾与忧伤。

2009 年 9 月 23 日凌晨五时许，电话响起，是妹妹打来的。电话那端的妹妹哽咽着说，母亲走了。早在一个月以前，母亲就已病重，医生说她离开我们是迟早的事了。尽管心里有一千个不情愿，但这一天还是来了。迅速起床，给妻子说了声我先回去，我即冲向汽车站。

母亲生前没有照过几张像样的照片。按照老家人的规矩，在丧场上是必须要挂遗像的。在汽车站对面有专门提供丧葬服务的"一条龙"店子，我急促地敲开老板的店门，告知事由。睡眼蒙眬的老板二话没说，帮我从手机里下载我上月回老家时为母亲照的照片，十来分钟便制作出母亲的遗像。抱着母亲的遗像，抱着对母亲的哀伤，我向老家奔去，向我已不在人间的母亲奔去。

一

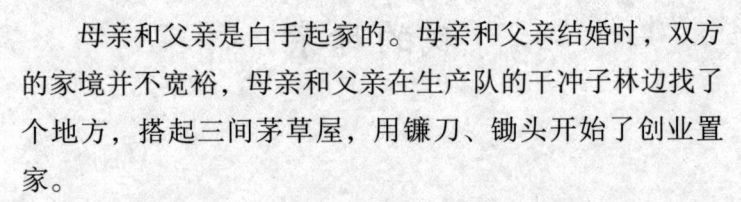

母亲和父亲是白手起家的。母亲和父亲结婚时,双方的家境并不宽裕,母亲和父亲在生产队的干冲子林边找了个地方,搭起三间茅草屋,用镰刀、锄头开始了创业置家。

20世纪六七十年代,乡村父老多子多福的思想很浓,母亲生了二子四女,我是家中老四,听姐姐们说,我晚产,体重八斤。母亲生下我之后,痛昏。那时,家贫,没有请接生婆,是爸爸为我接的生。还听姐姐们说,那年头,母亲为了养活我们,从没坐足过月子,每次只在床上躺十多天,便下田做活路挣工分,这让母亲身子落下了不少病根,她常常牙痛、腰痛,五十多岁便头发花白了。

说起挣工分,真是辛苦。我平时读书不在家,周末回到家里自然要帮做些体力活。那时生产队是集体劳动,队上根据各家参与劳动的人数、劳动的量计工分,年底结算分粮食。父母叫我锻炼锻炼,到生产队田里插秧。和一大群大人在一起,每个人在水田里一行一行地插,大人们插得快,一会儿便是一大行整齐的秧插出来。而我往往掉得很远,姿势也很难看,一只手撑在脚上,一只手笨拙地插,大人们常笑话我插的是"拐子秧"。一天下来,腰酸背痛得很,说是帮下父母,也没挣到几个工分。由是知道,劳动的不易,劳动的疲惫,心中充满对母亲、父亲的敬意,他们起早摸黑,养活我们六姐弟真的是太不容易了。

二

母亲手巧。子女多，家里开销就大。家里收入渠道不多，大多数东西得自给自足。每年，母亲会在房前屋后栽些莴笋、芹菜之类的蔬菜，成熟之后背到街上卖成钱后贴补家用。我家门口种了两窝竹子，母亲会收集些干笋壳，用上一些碎布，用米汤做成糨糊，东粘西缝，给我们做布鞋。黑色的鞋面，白色的里衬，穿起来软软的、暖暖的。那时候的乡村道路弯弯拐拐、坑坑洼洼的，不好走，但穿上母亲做的布鞋，再远的路、再陡的坡也不觉得难了。

在我的记忆里，过年的味道，就是叶儿粑的味道，就是猪肠饭的味道，就是母亲的味道。母亲会做叶儿粑。每逢大年三十，母亲会叫我到尹表叔家门口那棵气柑树上摘些新鲜的气柑叶子，洗干净后用来做叶儿粑。做叶儿粑挺有讲究的，也挺麻烦的，但母亲做起来有章法又有耐心。做叶儿粑不能纯用糯米，如果纯用糯米，蒸出来会塌掉不成形，且黏性太大，会粘牙。母亲先把糯米配上些大米泡软，然后用石磨一勺勺磨出来，沥出雪白的糯米粉子，包上红豆馅，合上柑叶，架上竹蒸笼蒸上十来分钟，香糯可口的叶儿粑就做出来啦。她还会往肥大肠里灌入糯米、红枣，在锅里煮出香喷喷的猪肠饭。

三

母亲虽然能干，却不管家里的钱。在管钱方面，父亲好像更细一点，家里的开支由父亲统筹。那年我高考脱了

农皮去重庆读书，临行前的那天晚上，母亲背着父亲，悄悄递给了我一把钱。那是一角、两角、一元、两元凑成的十几元钱。那年头，能有十几元钱是不容易的。印象当中，老家人在过年时，大人会在大年三十这天发给小孩子压岁钱。我们几兄妹最高兴的就是过年了。过年能吃上香喷喷的腊肉，还能拥有父亲发的二分到五分不等的压岁钱。当时街上的油淋鸭子价格大概是二角钱一只，有年我二姐奢侈了次，买了几只卤鸭脚爪给我们几兄妹吃，也只花了几分钱。我不知道母亲花了多少时间节省下这十多元钱，它够我半个月的生活费了！儿行千里母担忧，穷家富路，母亲毫不犹豫倾囊助我远行。收下这笔钱，成了我一生的感动。我知道这是我和母亲永远的秘密，也是我无法报答母亲的一笔人生巨款。

四

母亲话不多，却教会我许多做人的道理。母亲说，远亲不如近邻，一定要和邻居处好关系，要多帮助左邻右舍。我外爷在旧时军队里当过兵，会一些医术。母亲从他那里学了一些推拿技术，还识得一些草药。我们在城里工作，没时间照看孩子。母亲从老家赶过来帮我们，一帮就是三个年头。她回老家后，院坝里的爷爷奶奶们常问起她。我感到很奇怪，他们怎么和母亲那么熟？一打听，才知道母亲经常帮他们揉肩捶背，减轻了好几个人肩周老毛病的症状，他们很想念母亲。

我的脾气原来是很暴烈的，说话也很直，现在的我变得温和包容些了,这同母亲的言传身教不无关系。有一次,父亲和母亲一起到我城里的家里来耍。因为饭菜味道的原因,我对父亲的语气有些生硬,父亲显得不太高兴。见此情景,母亲把我拉到一边,用温柔的眼睛看着我,轻声对我说:"威儿,人和人之间要有个尊重哦,何况他还是你的父亲。"母亲的话让我很快冷静下来,我当即向父亲道歉认错,一家人又高高兴兴聊起来。

五

不是自己劳动得来的,不要拿。母亲和父亲文化程度虽然不高,但她和父亲常挂在嘴边的这句话深深地教育了我们。

小时候,真是穷时候。一年到头,很难吃上几次肉。平日里,一日三餐,常常是轮换着吃南瓜、豇豆。作为小孩子,我们盼望的是母亲和父亲去赶场。因为母亲他们去赶场,常会想办法带些东西回家。母亲带回来的,不过是水果糖、花生、胡豆之类的小东西,但对我们来说,却是稀罕之物了,吃得满口飘香。我们邻居家有棵橘子树,每年秋天,都会挂满沉甸甸、红通通的橘子,叫人好生羡慕。秋天还没到,母亲就早早地跟我们打招呼:"那是人家种的橘子,你们不准爬上树去偷摘。"有天晚上,家里清点鸡笼时发现多了一只雄壮的公鸡,母亲和父亲把我们召集起来,讨论怎么办。大家一致的意见是,不是我家的东西,我们不能要,从鸡笼里把多出的那只公鸡放出去。要知道,那只大红公鸡,我家如果把它弄来吃了,别人家

是不会知道的，一家人会美美地吃上一顿。母亲和父亲这样做，实际是在教育我们学会辨别是非，一个人，不管怎么困难，不能取财无道。这件事，在我的成长过程中烙下了深刻的印迹，是我们几姐弟人生历程中永远响亮的警钟。

六

母亲是能喝酒的。可母亲的这个爱好我知道得太迟了。那是2009年夏天的一个下午，在"5·12"汶川特大地震极重灾区都江堰市工作的我抽空回老家看母亲，她那时已病得不轻。金黄的阳光从竹缝中斜照过来，铺了地坝一地。看着我给她修指甲，母亲说她感到好幸福。那个下午，我也感受了当儿子的些许幸福，后来写过一诗，诗的内容如下：

  院坝以一种张扬的姿势
  晒着妹妹背回的秋天
  母亲和我
  坐在金色的边缘
  执手相看

  午后　没有风语
  暖阳从竹缝中伸出千万双手
  抚摸母亲满头的雪
  岁月的苍狗

打着醉呼噜
一把被时光抽走青春的椅子
佝偻着腰
撑着枯藤样的母亲
母亲　你语如轻风
你的两眼枯井
闪出几滴星光
"治不了了？"
"妈，日子长着呢！"
母亲　请原谅儿的谎言
我想说
我怎么才回来
给你这个午后
然而母亲
你说你好幸福
你的眼睛笑成月牙

母亲　我想为你剪去一生的伤痛
你为两儿四女
吐尽五十多个年轮的心血后
枯成一片霜叶
飘飞在那块山坳
伴你同去的
还有你讲不完的神话
母亲　看看河边的那道崩岩吧
你说崩岩不再垮塌时

柿子红了
SHIZI HONG LE

河里的宝藏就会安宁
母亲　让我传下去你的神话
可从此
你藏在我心里
我在痛楚中审判自己

　　修完指甲之后，我把清洗指甲刀没用完的酒精放在窗台上。母亲问了我一句："没办法了？"我猜母亲是问我她的病情，当然不能给她讲实情了，正如诗中所写，我说："不是的，日子还长着呢！"后来听妹妹说，母亲把酒精拿来喝了。一个月之后，母亲病重离去。我真后悔没有满足母亲喝酒的爱好，我该经常带些好酒回去让母亲好好尝一下。

2019 年 5 月 12 日

写给儿子的信

儿子：

十八岁生日快乐！

翻开你的相册，往事历历在目。温馨、幸福在爸妈的心中荡漾，希望你读到这封信时，能感受到一样的温馨和幸福。

知道你来到这个世界，是在一九九七年的春天。我们到医院检查。哇！一个小生命已经孕育在妈妈的肚子里了。得到消息的当天，爸爸妈妈做了一个决定，为家里添置一个大型家电——海尔小王子电冰箱，目的就是方便储藏新鲜的食物，保证妈妈的营养，也就是保证妈妈肚子里宝宝的健康成长。

一九九八年一月三日，是一个阳光灿烂的冬日。凌晨四点，在妇幼保健院，在妈妈和你的共同努力下，仅仅四个小时，伴随着一声洪亮的啼哭，你顺利地来到了这个世界。当爸爸把你降生的消息告诉在家里等候的奶奶、外婆时，奶奶、外婆高兴得不得了，她们不顾年事已高，忙不

迭赶到医院来看你和妈妈。她们左一个右一个不停地理你的耳朵。当时爸爸感到很奇怪，奶奶、外婆这样做莫非有什么名堂？后来，才得知，她们理你的耳朵，是期望你耳大有福气呢！……从那天起，我们这个三口之家一起共同成长。

　　打小，你就独立能干。你第一次上机关幼儿园，看到爸妈离开你时，你哭了。第二天回家时你就戴上了小红花，老师表扬你在幼儿园乖，不哭闹。从小，你就很有荣誉感，生活也非常有规律。你八个月大时，因为妈妈去上班了，儿子你也就断奶咯。从八个月大开始，你就一个人睡在爸妈大床旁边的小床上。一岁多就学会用勺子、筷子吃饭，晚上按时睡觉。两岁多一点就可以自己穿鞋子了（当然，一直就不怎么会系鞋带。呵呵）。两岁多你就开始上幼儿园了。那时机关幼儿园每天有校车来接送，你常常早早从家里走到大院门口，等在校车停靠的地方。你每天基本上是排在上车队伍的第一个，因为你要当第一名。读学前班时，妈妈到班上去接你。看到你自己已经按照老师要求，把黑板上的作业整整齐齐抄写在自己的家庭作业本上时，妈妈感到很惊讶。从那个时候开始，你的学习就没有让我们多费心咯。

　　儿子，你是一个爱思考、有主见的人。还记得你学小提琴的事吧？那应该是小学一年级的六一儿童节吧，你们班在野外搞活动，当时班上有位同学表演拉小提琴，你当了"琴架"——拿琴谱，其他的同学在旁边载歌载舞。活动结束后，你提出要学小提琴，我们就把你送到李老师那儿去学习了。起初几次，爸爸妈妈陪你去，还在现场认真听老师的教学，心想等你回家练习的时候可以给你一些指导。未曾料到你是有学音乐天赋的，学了几次后，你告诉李老师，某个五线谱的音符有问题，李老师看了以后也认为它标注有问题。呵呵，从那以后我们就不再陪你学了，多数时候是你一个人背着和你个子差不多的琴盒，提着厚厚的琴谱到老师授课的地方去学琴。从三级到九级，你一路"过关斩将"。可能是外出学习的压力吧，你没能去考十级，但即便是九级，我们觉得已是很不容易了。儿子，有个音乐方面的爱好是很不错的。它能为你的工作、生活插上多彩的翅膀，让你的心宁静，陶冶你的身心。我们希望你不要放弃小提琴的练习，有空的时候还是练练手，调节和丰富自己的学习生活。再有，到成都读书，也是你的意思。可能是你的班主任老师的鼓励，也有可能是班上同学的相互影响。从三年级下期开始，你班就有同学陆陆续续到外地读书。本来我们是不想你过早地外出学习的，但是在五年级的时候，你常常到一位在成都读书的同学家里去耍，听他讲在成都读书的事，回来后就讲给我们听，说你也要到成都去学习。今天你的学习情况证明了当初你和我们的选择是对的。

　　儿子，你是一个坚毅的孩子。想起三岁时你因为感冒到医院输液，因为护士阿姨的技术不过关，在扎输液针时，几次都没有找到主血管。第一次你没有哭，第二次你也没有哭，第三次你"哇"地哭出来了（呵呵），但是很快就不哭了（说真的，不要说你是一个三岁的小孩子，就是我们成年人，看到在自己的手上扎针也有些发怵，连续扎几针也肯定受不了）。记得五年级下期去成都考学校的

事吗？当时可能是轻敌，也可能是准备不充分，再加上我们在考试战术上指导有误，你没能通过。但你没有泄气，爸妈也没有气馁，你每天坚强地学习着、练习着，在寒假的插班测试中，你顺利考上了衔接班。在学校举行的小升初测试中，你入选了学校最好的班级。接到你报告"战况"的电话时，爸爸妈妈由衷地为你感到骄傲和自豪。儿子，你太厉害了！

你在英语的学习上，也是坚韧坚强。学校英语课是全英语授课，刚进入嘉祥学习时你几乎就是在"坐飞机"。还记得你第一次参加英语听写测试吧？你只写对了一个单词！半期测试后开家长会，英语老师对你的评价就两个字——"坚强"。我们不知道你在英语课堂上腾云驾雾之际你是怎么想的，可能，从那个时候开始你就开始品尝考试失败的味道了。还好，你挺过来了。我们在心痛的同时，更多的是因你而生的骄傲和自豪。儿子，记住你的努力，更要记住学校老师对你的悉心帮助。

儿子，你还是一个"吃货"。当你刚刚生下来的时候，外婆看着你呈"半月牙"形状的肚脐说：这个娃娃胃口好。真是呀，你从小胃口就好。记得一岁多时你在二姑妈家耍，周末我们来看你。当你走近饭厅时，大声地叫了起来："有鱼！有鱼！"可见你是多么的高兴。记得你六岁多的时候吧，爸妈忙不过来，叫你下楼去街上买包子。包子顺利买回来了，但你没有经受住热腾腾香喷喷的包子的诱惑，路上就吃了一个。刚到我们家楼底你就开始喊起来了："爸爸妈妈，我买了六个包子，吃了一个，还有五个。"爸爸每次讲到这个故事总是会情不自禁地笑起来，

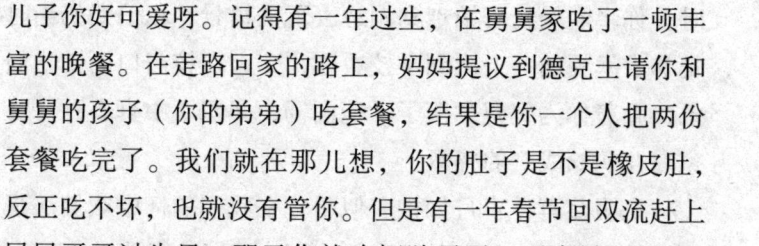

儿子你好可爱呀。记得有一年过生，在舅舅家吃了一顿丰富的晚餐。在走路回家的路上，妈妈提议到德克士请你和舅舅的孩子（你的弟弟）吃套餐，结果是你一个人把两份套餐吃完了。我们就在那儿想，你的肚子是不是橡皮肚，反正吃不坏，也就没有管你。但是有一年春节回双流赶上民民哥哥过生日，那天你就吃坏肚子了，后来饿了两顿，又恢复正常了。不过，你在吃上还是很有节制的，在饭桌上吃饱就不吃了，爸爸常说儿子你有"饱"局。另外，你不喝碳酸饮料，不怎么吃垃圾食品。你的饮食是比较健康的。你不怪你小时候爸爸很少买零食给你吃吧？爸爸的出发点是好的哦，怕你乱吃零食吃坏了身体。儿子，能吃，能健康吃是好事。爸爸妈妈希望你一生都有一个好胃口，能吃才有健康的体质。只是你一直都不喜欢喝牛奶，希望你能学会并爱上它，牛奶对于补钙和均衡营养效果是比较好的。哦，据说亚洲黄种人的肠子短些，喝牛奶最好喝酸牛奶，便于消化。你要多喝些酸牛奶哈，不管是现在学习，还是今后生活，多喝些酸牛奶，健康。

　　儿子，你还是一个感情细腻、富有爱心的人。你五岁的时候，妈妈带你去观看芭蕾舞《天鹅湖》。当你看见白天鹅奥杰塔公主被恶魔黑天鹅罗特巴尔德欺负时，你伤心地流下了眼泪。虽然你不懂剧情，但你却理解了舞台上用音乐和舞蹈表达的意思。还记得你三岁左右吧，我们一家人和奶奶一起到周公山上玩，过铁索桥时你胆子很大，一个人就朝桥上跑过去了。我们赶紧告诉你，奶奶过铁索桥害怕，请你牵着奶奶过桥。你真听话，小心翼翼地牵着奶奶走过了铁索桥。这又让妈妈想起了我们到你姑妈家玩

时，你牵着奶奶陪她走到湖边去玩的情景，相信奶奶当时是非常幸福的。上次到学校看你，一起在校门口面馆吃面条，看着你为妈妈拿筷子、端面汤，妈妈心中真有种"吾家有儿初长成"的感慨。

　　光阴荏苒，岁月如梭。似乎你在我们的怀中欢笑还是昨天的事情，一眨眼你就十八岁了，成长为一米八高的大小伙子了。独立、健康、阳光、上进、爱心是你十八年成长中的主流，未来的一个、两个、三个、四个、五个……18年，我们祝福你身心健康，爱心萦绕，幸福满足。关于你的未来，我们谈一些看法，供你参考。

　　关于高考。高考是你人生中遇到的一个重大事件，也是一个重要节点。从你今年的几次考试情况来看，是一步一步稳稳向上提升的。以你现在的实力参加高考，考个重本是没有多大问题的。而按照你现在的这个上升势头，我们觉得考上更好的大学也是可能哦。对你的学习，我们是很放心的。也相信你能客观正确地对待，在高考前的这几个月内，会有报名、体检、填表、考试等一系列的事情要做，保持一颗平和的心态去做，如果遇到问题要及时告诉老师和爸妈，相信总有解决办法的。从你几次考试的情况来看，你最大的优势是不偏科。现在，你们已经进入全面复习阶段，各种考试、测验、练习都非常多。巩固自己已经学好的内容，查改自己每次考试、练习中的问题和漏洞，总结纠正因自己一些小的不良习惯造成的不必要失分，你的成绩还会稳定上升的。关于你的学习，爸爸妈妈帮不上什么忙，只能告诉你，我们不奢求，更不会给你压力，相信你通过老师们的帮助、通过同学之间的互学互助、通过你自己的不懈努力，一定会收获理想的结果。

关于高考志愿。不知你有没有一些倾向，如果有，就和我们沟通啊。我们准备等你一诊考试结果出来，结合近两年高校招生情况和你的志愿倾向，先挑选一些学校出来供你参考。同时也确定一至两个准备参加自招的学校，前期做一些准备工作。具体填报志愿，还是等高考成绩出来以后大家一起商量着填写吧。

关于高考后的安排。估计你还没有考虑高考后的安排。我们提几个建议，供你参考。在高考结束到大学开学前三个来月的时间里，建议你学习三样东西：一是开车，争取在暑期拿到驾驶执照。二是学习英语，相对而言，英语还是你暂时的短板，建议利用假期在成都找一个老师提升英语（包括口语），为将来深入学习前沿学科先进知识、搞学术研究或出国留学深造打下基础。三是提升羽毛球技能。爱运动，一生健康。擅长一门运动，会增加生活中的很多乐趣，也会因此而结交上不少阳光的朋友。

关于责任、担当。责任和担当也许是个沉重的话题，人到这世上走走，必须要有一份责任和担当。如果一个人没有责任和担当，那么他将不会理解到工作、生活的真谛，他的人生迎来的不可能是华章重彩。一个人能承担多大的责任，就能取得多大的成功！如果一个人光有学问，对国家民族社会没有担当，无论如何是不能被称为大家的。车尔尼雪夫斯基说：生命和崇高的责任联系在一起。前些天看亚冠决赛，广州恒大同阿赫利争夺冠军，广州恒大的负责人在现场观看比赛时如儿童一般开心。去年十一月份，妈妈接待了国内一家大型网络公司的创始人，他到

灾区学校捐建防灾设备，在和他的接触中，妈妈感觉到他就如一个邻家大叔一样质朴敦厚。我们觉得，他们之所以保留着人性珍贵的品质——纯真、快乐，不单是因为他们有一定的经济基础、有深厚的人生积淀，更重要的是他们有对国家、对社会、对企业、对家庭、对个人的责任和担当。

关于热爱、感恩和包容。我们希望你爱国爱家爱自己，也有古人说的"修身齐家治国平天下"的意思。热爱祖国，你才会志存高远，心有归宿，也会努力地实现自己人生价值和目标。特别是当你走出国门的时候，你会强烈地感受到有一个强大、稳定、富强的祖国对一个游子是多么的重要。爱你的家人，尽自己的力量给予家人更好的生活，同时也包容和理解他们的不足和缺点，这样你的生活会是淡然从容、温馨幸福的。爱自己，让自己生活得幸福和健康。热爱生活，带着美的眼光，带着欣赏的心情去看待一切，带着感恩的态度去对待你身边的人，带着包容的心去与人相处，多结交一些良师益友，你会过得知足和快乐，你会在事业发展、陪伴家人、交友、阅读、休闲和健身中享受到人生的美好。

关于成功和挫折。儿子，相信你已经体会到学习、生活中有成功也有挫折，有欢笑也有泪水。"不经历风雨怎么见彩虹"，如果没有经历过失败，你就不会感到成功的难得和快乐。去年冬天你发给妈妈的短信，爸爸妈妈都收藏了。在我们阅读你的短信时，妈妈的眼眶湿润了，爸爸也是感慨多多。儿子，你在短信中说道："如果把成绩差了当作一盘难吃的菜，那我已经吃了无数次，早已把它当

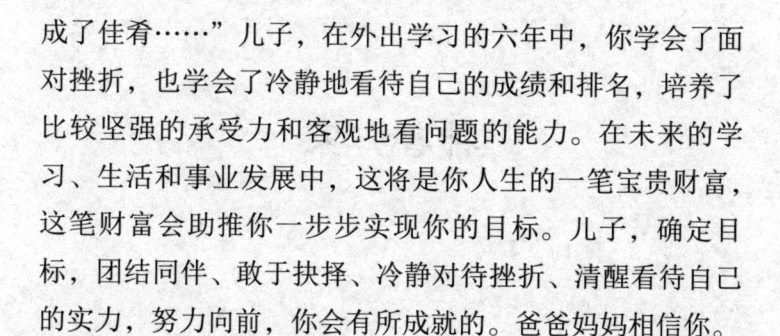

成了佳肴……"儿子，在外出学习的六年中，你学会了面对挫折，也学会了冷静地看待自己的成绩和排名，培养了比较坚强的承受力和客观地看问题的能力。在未来的学习、生活和事业发展中，这将是你人生的一笔宝贵财富，这笔财富会助推你一步步实现你的目标。儿子，确定目标、团结同伴、敢于抉择、冷静对待挫折、清醒看待自己的实力，努力向前，你会有所成就的。爸爸妈妈相信你。

亲爱的儿子，面对十八岁的你，我们有太多的欣慰和幸福，也有太多的祝福和叮嘱，不要嫌我们啰唆哦。我们的愿望始终不变，就是希望你幸福、健康、快乐！无论你高考如何，无论你做什么，无论你是豆蔻年华，还是满鬓霜雪，你永远都是我们心爱的儿子，我们永远爱你，家里的大门也永远为你打开，爸妈永远是你的依靠。儿子，你也要知道，你是爸爸妈妈最大的牵挂，无论你走多远，都要记得回家看看；无论你多忙，也要以适当的方式关注关心着你的老爸老妈；无论是多小的事，你和我们分享，我们都会感到无比的幸福！

好啦，不多说咯。再次祝儿子生日快乐！新年快乐！心想事成！

你的爸爸妈妈

注：这封信系 2016 年 1 月 1 日妻子蓉儿和我共同写给轩儿的信。

柿子
SHIZI
HONG LE
红了

神兽归家

"神兽"何物？乃从学校放假回家的儿子也。

自从去年六月中旬神兽离家上学之后，我们同神兽已经有七个多月没有相见了。按神兽的安排，六月中旬他直飞美国纽约市哥伦比亚大学访学，大概在十二月底回来。未曾想他做实验的时间长了一点，直到今年一月中旬他才谈起回家的事情，预计一月底才回家。对此事，我和妻子商量，必须叫神兽增强家的观念，增强过年的意识，一月底回家肯定晚了——大年都过得差不多了回家干吗呢？于是，我们催促神兽抓紧做实验，务必在年前返回来。

神兽听了我们的话，赶天赶地做完实验，预订了二十二日晚间到达成都双流机场的航班。神兽回来的当天，我本来是要请假开车去接他的，刚好朋友燕说在成都送人顺便可搭神兽回雅，这倒省去了我的麻烦。

在神兽临回家之前，我始终叮嘱他，必须买些口罩，沿途必须戴上口罩，因为国内武汉市已经有肺炎疫情了。神兽回家时，已是晚上十一点左右。见他是戴着口罩回家的，我挺高兴——神兽真是听话。妻子兑现了她对神兽的承诺，神兽一进家门，妻子便同神兽来了个热烈拥抱。作为父亲，性格内敛些，同神兽聊了几句，便互道晚安休息去了。因为我知道神兽回来，作为父亲的我必须养精蓄锐做好保障工作。

第二天，按照老家的习俗，带神兽回老家去祭坟。第三天，即大年三十，我们仨举家到双流看望神兽的外公外婆，在双流团年。也就在这一天，武汉疫情更加吃紧，我们取消了初一到拉萨的行程，在初一返回雅安。从初二到现在，我和妻子各自上班，神兽一直待在家里，可谓是完全闭于笼中。

妻子一直担心，我和神兽脾气都有些倔，相处会产生问题，一再提醒我态度要好一点。妻子唠叨，神兽不会做饭，但喜欢吃，尽管神兽有些胖了，还是要多做些好吃的给神兽吃，要不然过些时候，神兽可能要离开家好些年头了，到时想做给他吃他也吃不到呢！

我非厨师，但做两三个人的饭菜还是不太难。这一个月以来，变着花样给神兽做一日三餐。今天中午，我还问神兽："对吃的是否满意？有什么要求爸爸会想办法满足。"神兽干脆答道："没有不满意的地方，倒是辛苦爸爸了。"这话还听得，我长舒了口气。都这么大把年龄了，我不想给神兽留下坏印象，因为在神兽小时候，我对神兽确实有些粗暴，我始终担心我当父亲的没起好表率作用，会影响到神兽成人后的为人处事，现在看来这担心应该是多余了。回顾这段时间，神兽有好些让我和妻子感到意外的表现呢！

神兽提醒我不要背后说人坏话。我说："一江春店子

的包子没有以前的好吃了，准备买另一家的老面馒头吃。"神兽说："爸爸，你不要背后说人家嘛，吃馒头就吃馒头。"

神兽怕我们腐败。妻子带回来一些蔬菜，神兽说："妈妈，你要记得付人家菜钱哈，不要白拿人家的。"

神兽是学化学的，他告诫我不要喝酒。他说："爸爸，你不能喝酒了，喝酒对身体无益。"对神兽这个观点，我不能赞同。我说："国人千年的酒文化，喝酒何害之有？"神兽见我固守己见，只好说："爸爸我管不着你，但你要相信科学嘛。"随后，神兽将《柳叶刀》刊发的一些关于饮酒有害健康的学术论文传给了我，叫我好生看看。

神兽其实很细心，也知道关心人了。他如果起得早，会给我们盛上一杯热水。他见妈妈比较累，一吃完饭便主动要求去洗碗……

经历了同神兽一起的这一个多月时间，我们觉得神兽真是长大了，懂事了。不过神兽还是有些缺点的，比如说，他一坐就是大半天，这让我们很担心。我们对他说，学习、工作固然重要，但必须要有个强健的身体，每天要想办法运动运动才行。我们发现父母亲的模范作用还是比较重要的，神兽见我们每天都在锻炼，他也开始起来跑步了，这让我们很欣喜。

因为举国应对有力的因素吧，新冠肺炎疫情这些天稳定下来了，我们估计学校开学的时间也会跟着敲定，神兽不久就会踏上他的新学期之程。我们想多做些吃的让神兽尝尝，希望神兽能尝出我们对他的一片深情。

2020 年 2 月 25 日

神兽出笼

神兽是一月下旬回来的，我们没有想到，神兽这次在家一下待了四个月之久。何谓神兽？如我前文说过的，是对从学校回家的儿子的爱称。

有些事情就是这样，你也许合计得好好的，但结果说不准会发生什么大的变化。我们原本以为神兽会在过完大年后返回学校，没料到新型冠状肺炎影响那么大，成了全球性的灾难，大学、中学、小学、幼儿园都没有正常开学，大小神兽一概被困家中。

待在家里也有待在家里的好处。妻子说，打从上学算起，神兽什么时候在家里待过这么久，这不挺好吗？我们可以多与神兽交流、相处，其乐融融呀！只是待在家里，衣食虽然无忧，但毕竟很单调，看书、吃饭、睡觉，今日如此，明日复如是，而且这次确实待得太久了，我看神兽也多少露出些坐卧不安的神情了。我知道，神兽他是想出笼了。

笼还没出，首先来了个大不安。美国一所学校早早发

来读博通知，我们全家曾为此高兴了一阵子。可现在这情况，神兽的国外求学之梦多半要泡汤了。5月30日，美宣称禁止与中国实施或支持中国军民融合发展战略有关联的研究生以上的中国公民持F或J签证进入美国，声明于6月1日生效，中国留学生赴美留学面临巨大改变。神兽看到了这则消息，在其微信上转发了出去，没有片言评论。但我知道，神兽应该是非常的失望，苦苦的学习，辛勤的准备，花费了那么多精力，最终的结果却是这样。神兽说，成都美领馆已从6月1日起停止办理签证。这个消息对神兽来说无疑是个特别大的坏消息了。

  怎么办呢？在神兽出国读研这件事上，我其实很后悔。自己不是常自诩学公共管理吗？遇事多分析多研究，在决策、做事上不会陷入"霍布森选择效应"的困境。但在神兽出国读研这个事上，我很遗憾，"近水楼台先得月"，把管理学学以致用最方便的地方，其实就是在家里呀。当初，我真该提醒神兽多做几个并行的方案，东边不行有西边，西边不行有南边，总之，有选择嘛。世上虽没有后悔药，但亡羊补牢未必没有转机。最近几天，我在想办法给神兽传递一个信息，这接下来的读研之路，一定要多想想多问问，规划好具体的路径，选择最优的行之。还有，我对神兽说，做好最坏的打算，如果读研无望，那就先找个事做。进入社会了，一定要夹紧尾巴做人，要多做一些服务工作，比如说早一点到办公室，打扫好卫生，给老同志多倒些开水。谁知神兽反驳说："你说的是老套的职场经验，我们做实验的不走你那一套，我们只要把实验做好了，同事自然会对你有好感。"想想也是，关于这一点，我的"江湖"经验可能过气了，我不再对神兽多言。

其次，有个小不安。神兽这么大了，却不太注重衣着。这一点，我们也提醒过神兽，还是要注意内容和形式的统一，穿得精神一点不会是坏事。可神兽不高兴了，反倒教育我们说，哪有什么两全其美的事嘛，如果一天到晚把心思花在吃穿打扮上，学习怎么会搞好嘛！神兽这么一说，把我们说得哑口无言。的确对呀，这世上十全十美的人哪有呢？鱼和熊掌哪能兼得，得其一就可以了呗。

还有，神兽胖了些。我观察，神兽特能枯坐，一坐就是几个小时。兴许是坐得太久，加之锻炼也少，神兽显得有些胖了。正如在高考前，我们对神兽讲的一样，我们希望神兽有个强健的身体，身体是工作、学习、生活的本底，身体不好，万事皆难。神兽这个问题一直让我们担心，我们对他半开玩笑说："你一米八的身材，如果肌肉再强壮一点的话，会是一道风景线。"的确，神兽个子不矮，在读高中时，还是学校国旗护卫队的护旗手，那时的神兽不胖不瘦，真是帅呆了。神兽说："可能是去美国做实验，坐的时间太长的原因吧，一下长胖了。"他好像听进去了我们的话，待在家里的第三个月开始了强度较大的锻炼，看着他瘦下来的样子，我们当初的担心少了许多。保持良好的身材需要严格的自律，这是最近我和神兽交流锻炼的体会时共同得出的一条心得。

前天中午，神兽告诉我们，他很快要返回学校做本科论文毕业答辩去了，已订好机票。听到这个消息，我反倒有些不适应了，妻子在外地工作，我和神兽单独相处，妻子很担心我和神兽会不会闹矛盾，这个也是我注意的

问题。我在一次培训时听到一位教育家讲过这样一段话："不管遇到什么样的情况，要尽最大力量爱你的孩子，让他感受到父母亲的爱。"我觉得这位教育家讲得很有道理，我觉得在这方面我必须要做出些样子来，这几个月，不管工作如何忙，我都抽时间赶回家，和神兽待在一起。我俩形成了很好的默契，我做饭他洗碗，他做饭我洗碗，然后各做各的事。这下神兽要走了，心头觉得空落落的。

"我送你到成都搭飞机吧？"

"不用，我自己去，您要上班的。再说，我都这么大了，您不用担心。"

"这疫情还没有完全消除，还是有风险，我直接开车把你送到学校吧？"

"这太麻烦了，我全程戴口罩，不乱吃东西，您放心吧。"

看来，是送不成神兽了，神兽的确长大了。临行前，从来不喝酒的神兽，主动说起要喝酒。他敬了我们一杯红酒，我和妻子酒量尚可，但神兽只此一杯却让我们深深地醉了。

神兽出笼，前路难卜，我们别无他求，只希望他健康、快乐。

2020年6月1日

走亲戚

小时候过年,从正月初二开始,老家有一个风俗:亲戚之间要相互走动,互致问候,联络联络感情,即"走亲戚"。

走亲戚不能空手去,要准备一些年货。印象中,老家走亲戚需要准备腊肉、香肠、米馍馍、菜叶粑、豆糕、米花糖之类的东西。备齐这些东西,在现在不算什么难事,但在那年代却不太容易,家底比较宽裕的人家也许不用担心这些,家境不太宽裕的人家如果能够备上腊肉、米馍馍、菜叶粑的话,就很不错了。腊肉是自家做的,在腊月里杀年猪之后就可以把猪肉切成条,抹上盐,悬挂在梁上,用的时候取下来就行了。只是米馍馍、菜叶粑、豆糕、米花糖不一定能备好,因为这需要手巧的主人家才做得出来。

走亲戚的时间,从正月初二,一直持续到正月十五才结束。这期间,你若在乡下,便不时会看到三三两两的行人行走在乡间小路上,要么成双成对,要么大人携着小孩。快乐的面容,干净的衣裳,溢香的背篼,轻盈的步

子，点缀在青山绿水间，组成一幅幅温情的画面。

　　走亲戚要先从辈分高的走起，每年我都会跟着父亲先到外婆家。到外婆家需要走半天路，父亲每次都是自己背着东西，我只是跟着他往前走。沿途弯弯拐拐虽然多，但想着外婆家可口的饭菜、香甜的零食，就一点也不觉得累了，半天的时间，蹦蹦跳跳的，觉得很快就到了。

　　外婆家有个很好吃的东西，叫使君子，椭圆形，壳青黑色，果仁白色，香脆可口，老少皆宜。关于使君子，听舅舅讲，有好几个传说。三国时，刘备的儿子刘禅得了一种怪病，面黄肌瘦，浑身无力，肚子胀痛，经常哭闹。一天，刘禅到野外玩耍，回家的时候又吐又泻。刘备就问刘禅身边的士兵何故。其中一个士兵战战兢兢说："小公子吃了几颗野果。"刘备一听，认为是中毒了，就去找医生。之后，刘禅拉下了许多蛔虫和其他的杂质，也不再哭闹了。后来刘禅的身体渐渐好起来了，刘备认为是野果子救了刘禅的命，便采集这些野果制成药粉，医治怪病。人们不知道这野果叫什么名字，而刘备担任过豫州牧，使君是对州刺史或州牧的尊称，刘备被称为"刘豫州"或"刘使君"，因刘使君的公子最先尝过，所以就叫这种野果为使君子。

　　舅舅在北京念过书，博学多闻，他还讲起使君子的另外一个传说。在北宋年间，在潘州一带有一位叫郭使君的郎中，医术很强，乐于助人。一天，他去山上采药，发现一种果实，他尝了之后，觉得味道甘淡，便摘了一些回家。回家后，他将果实放进锅里炒，锅里散发着香气，馋得他的孙子想吃。他的孙子尝过之后，在解手的时候排出了几条蛔虫。郭使君便琢磨出治疗蛔虫的方法来。后来，郭使君便用这种方法来治疗其他患儿，人们为了纪念他，便给这种植物起名叫使君子。

听母亲说，外婆家旁边就长着一棵使君子树，初夏开花，秋末果熟。外婆家的使君子就是从那棵树上采摘下来的。外婆已经去世多年，外婆子女多，都各自成家，都没有在外婆家住了，不知道那棵使君子树还在不在。

当年去外婆家之后，我和父亲会在外婆家歇上一夜，第二天一早启程回家。外婆家会认真收下我们送去的东西，但不会全部收完，按照乡下的礼数，外婆家会拿出一部分，然后把外婆家的东西换上来。末了，外婆家照例还会给我拜年的红包，这红包也是我乐意接收的，因为它是年后我上学学费的主要来源。

这是到外婆家走亲戚。我家亲戚不是很多，除了去外婆家，我记得要去的就是姑婆家了。姑婆家在一个小山村，离我家不远，只需要一个小时左右的时间，走过几条小路，越过一条小河，再爬过一块小丘陵就到了。

姑婆家子女也挺多，她的孙子孙女即便很小，但辈分却很高，我得叫表叔、表婶什么的，但这并不影响我们在一起玩耍。松林里、溪沟边，都是年龄相仿的我们嬉戏的地方。干玉米秸做长枪，油茶杈制弹弓，茅草须编伪装帽，乡下孩子的游戏之物皆来自天地间的馈赠，来得自然，制作简单，丝毫不担心开销问题，一切都是土土的味道。

跟着父亲走亲戚是很久以前的事了，离开老家很多年，听说老家的人、老家的路已变了许多，但老家人相互间的浓浓亲情却始终印记在我心里，不曾淡去一点颜色。

2020 年 5 月 10 日

酒米饭

上个月,在二姐家吃了一顿酒米饭,回来后,妻子念叨着说:"酒米饭真好吃,好久我们也做一次。"说到做饭,妻子目前是不会做的了,她安慰我说,现在我做给她吃,她今后退休后专门做给我吃。我信了妻子的话,这做酒米饭的念想自然需要我来实现了。

说起酒米饭,便想起小时候在老家吃九大碗的情景。老家人只要举办红白喜事,主人家都要操办九大碗宴席。九大碗菜肴中,有一道传统的美食叫甜烧白,也叫夹沙肉,属于酒米饭的范畴,又甜又糯,肥而不腻,老少皆宜。这道菜属四川独有,据说李劼人先生当年请沙汀吃饭,在成都人民南路芙蓉餐厅订了一桌,菜单里最后一道热菜就是甜烧白。

要做好甜烧白,得准备好五花肉、芝麻、白糖、红糖、酒米之类的东西。先把酒米浸泡一晚后,放入电饭锅中蒸熟,水不要没过米,尽量干一些,黑芝麻炒熟打碎之后加入白糖,红糖切成小块,接下来把水烧开,放入葱、

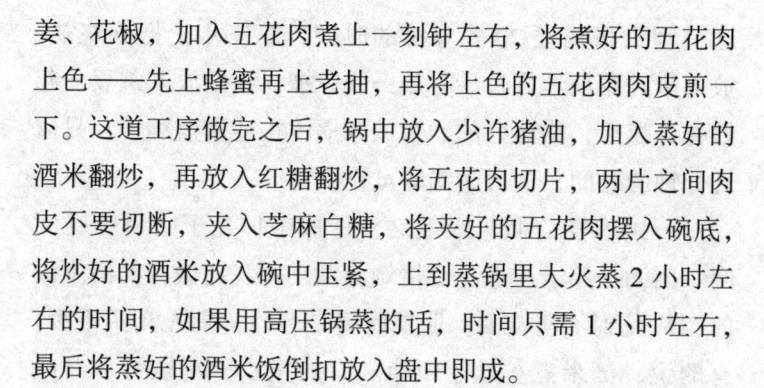

姜、花椒，加入五花肉煮上一刻钟左右，将煮好的五花肉上色——先上蜂蜜再上老抽，再将上色的五花肉肉皮煎一下。这道工序做完之后，锅中放入少许猪油，加入蒸好的酒米翻炒，再放入红糖翻炒，将五花肉切片，两片之间肉皮不要切断，夹入芝麻白糖，将夹好的五花肉摆入碗底，将炒好的酒米放入碗中压紧，上到蒸锅里大火蒸 2 小时左右的时间，如果用高压锅蒸的话，时间只需 1 小时左右，最后将蒸好的酒米饭倒扣放入盘中即成。

做甜烧白稍显复杂，平日里要吃酒米饭的话，只需要用些腊肉、酒米、豌豆就可以了。其实，我以前是没有做过酒米饭的，只管吃不管做。我依稀记得小时候母亲做酒米饭的情景，我们只管烧火，母亲全过程操作。烧火用的是易燃耐燃的木柴，灶当然是土灶了，印象中母亲只是用些腊肉、酒米，三下两下，一锅香喷喷的酒米饭就摆在了我们面前，吃得我们心花怒放。如今，这城里的水泥笼子里，没有土灶，没有柴火，没有木蒸子，怎么能做出母亲当年犒劳我们的味道呢？

今天是星期六，外面灰蒙蒙的，待在家里正好可以试试做酒米饭。打点家里的工具后，我决定不用电饭煲蒸酒米（我觉得这样做不地道），转而用蒸笼代替木蒸子。家里还少了包裹蒸酒米的纱布，于是到街上花了 9 元钱置了一截纱布，买了 2 斤酒米、半斤豌豆。切好半斤肥瘦兼半的腊肉，一切准备就绪，我开始动手做酒米饭。

第一步，先将腊肉泡软，洗干净，切成小块备用。第二步，用铁锅煮酒米，酒米不能煮太熟，带生米心为宜，用烧箕把煮好的酒米沥出来放入蒸笼中布好的纱布里蒸，

这过程大概需要 20 多分钟的时间。第三步，把锅烧热，放入腊肉颗粒炒好，炒时放一些花椒，稍后放入豌豆一起炒香，随后，将蒸好的酒米放入锅中加适量盐翻炒，只需几分钟的时间，关火起锅即可。

一顿香糯的酒米饭就这样做成啦！儿子吃得哇哇大叫。因为是第一次做，心情难免激动，我把做成的酒米饭的图片发到了朋友圈。朋友圈真是万能，高人高招不少。有的说，酒米煮得软了一点。有的指点，花椒可以磨成粉。我记住了大眼妹的评论，凡事有心就能。我还记住了南柯梦的赞许，不在乎好不好吃，关键是人对就巴适。只是东东的评论令我有些紧张了："吃完没有？我明天全家登门品尝。"妻子笑话我："你做的应付我们还行，发发图可以，要待客的话还得加把劲。"

看来，做酒米饭糯得众人还真不太容易，先香糯住妻儿再说吧。

2020 年 4 月 18 日

叶儿粑

叶儿粑，是我老家的一道美食。

只要说起叶儿粑，我就想起我的一位同学，已调到北京工作的她离老家很远了，她念念不忘的，就是老家的叶儿粑。她说，色绿形美、细软爽口的老家叶儿粑始终是她的乡愁。

的确，别说是远离家乡的游子，就是离老家不远的我，只要想起老家，总会想到叶儿粑。老家的叶儿粑，散发出的是浓浓的乡情，是令人难以忘怀的母亲的味道。

在老家的时候，每年大年三十一大早母亲便会交给我一道光荣的任务，也就是到表叔家的那棵气柑树上摘些叶子回来。这是一件我非常喜欢领受的任务，因为我知道母亲要动手做好吃的叶儿粑啦。

表叔家院坝里的那棵气柑树，长得很高大，披满了绿油油的叶子。只是树干上长了些刺，一不小心会把人刺得很痛。但这些难不倒我，爬树是我的特长，我不需要辅助，三下两下就爬到树梢，很快就会摘下一背篼叶子背回

家,然后用井水把气柑叶子洗出来供包裹叶儿粑用。

　　母亲做蒸叶儿粑的准备,其实在年三十之前就早早开始了。母亲会提前准备好酥麻、糯米两样东西,这两样东西都是自己栽种的。春种一粒粟,秋收万颗子。在春天的时候就需要栽好糯米秧,撒下酥麻籽,然后一路精心照料待秋收。在秋收以后,除去上公粮的部分,母亲会留一些糯米放在家里,把地里的酥麻收回家打出籽存放起来备用。

　　做叶儿粑不能全部用糯米,如果全部用糯米,蒸出来的叶儿粑会陷下去不成形,黏性也太大,会黏牙。母亲一般是按1∶1的比例兑好糯米、大米,再用水浸泡好后,抱出我们家的石磨,一勺接一勺,一磨接一磨,把泡软的米磨出来,然后用纱布把米浆的水分沥干,做出糯米粉子以备包馅使用。这个工序是比较费神的,一直沿用了好几年。后来,生产队办了打米机房,我们家就不再用石磨磨粉子了,而是把糯米、大米配好之后,用生产队的机器直接磨出来,这样就省事了许多。

　　接下来便是准备包叶儿粑的馅。现在街上卖的叶儿粑有好几种馅,但总的来说,叶儿粑分甜的和咸的两种馅。甜馅一般是用豆沙加上核桃等果仁,再加上红糖做成的;咸馅则是肉末或者腊肉粒加芽菜做成的。那时我们家还不太宽裕,猪肉比较金贵,用腊肉做馅的时候不多,母亲更多是用红糖、油渣、酥麻做馅,或者找一些红豆煮熟后压成粉状做馅。用酥麻做馅时,母亲是用锅把酥麻籽炒熟,然后放进石臼里捣成粉,再把酥麻粉放进红糖、油渣里和匀成馅。一年就做这么一次,即便是红糖馅的,我们也觉得很稀罕。

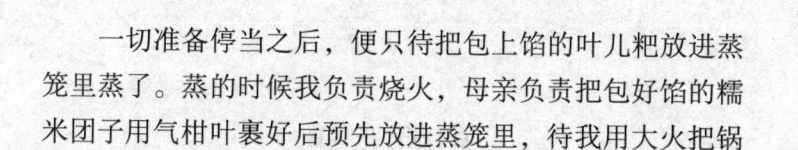

一切准备停当之后，便只待把包上馅的叶儿粑放进蒸笼里蒸了。蒸的时候我负责烧火，母亲负责把包好馅的糯米团子用气柑叶裹好后预先放进蒸笼里，待我用大火把锅里的水烧开之后，母亲便将放满叶儿粑的蒸笼放上去蒸。

烧火用的柴是我们在冬天里就准备好了的，特别的好烧、耐烧，烧出的火也特别的旺。锅里的蒸笼冒着团团热气，灶膛里柴木烧得呼呼作响，我们平时营养不足的脸蛋，这时候变得红扑扑的，我们的眼睛紧盯着母亲的一举一动，巴不得马上就吃上热腾腾的叶儿粑。

蒸叶儿粑的时间实际不长，只需要十来分钟就蒸好了，但对馋了一年的我们来说，觉得十多分钟真的是好长好长。火候是由母亲掌握的，她只要手一挥说："好啦！"我们便欢呼起来。

浸着新鲜气柑叶味的叶儿粑清香扑鼻，香醇可口。看着吃得"哇哇"大叫的我们，母亲露出满意的笑容。

说起吃叶儿粑，邻居家有个趣事。邻居家的儿子见母亲把叶儿粑蒸好之后，用筷子专门夹了一个叶儿粑放进碗里要自己吃，便不乐意了，以为母亲把最好吃的留起来独自吃，非要吃母亲留的那个不可，跑过去一把抢到手里，两三口就吃进了肚里。母亲哭笑不得，跟儿子解释说，那是在做叶儿粑的时候，天气冷，掉了一滴鼻涕在那块叶儿粑上，所以要自己吃。这事想起来可真逗。

因为要准备好走亲戚所用，母亲往往会多蒸几笼叶儿粑。正月初二之后，我们便背上母亲准备好的叶儿粑等年货，跟着父亲走亲访友去啦。

2020 年 3 月 15 日

我的大姐

　　大姐是 1955 年 3 月出生的，今年满 65 岁。大姐给我的印象，除了节俭还是节俭。

　　如果说 20 世纪六七十年代因为物资紧缺，家里经济不宽裕，穿着朴素些没什么值得大惊小怪的话，那么从 20 世纪 80 年代，特别是 90 年代以后，应该说家里是比较"松活"的了，可大姐却仍旧一直穿得很简朴。大姐家其实没有什么负担，她和大姐夫只负担大姐夫母亲的生活，膝下只有一子，四口之家，三口都是壮劳力，养点猪、种些茶，她家每年还是有些收入的。但不知什么原因，大姐和大姐夫每次回来看望父母亲的时候，常常穿着有补丁的衣裤。这一直让我很纳闷，但又不好当面问大姐什么原因。估计是小时候苦日子过得太多的原因吧，即便条件好些了，大姐还是没有忘掉本色。

　　大姐能吃苦，会养猪。她和大姐夫起早摸黑，割草配料，大把时间花在养猪上。三栏猪圈不算多，每年却会出栏一二十头肥猪。大姐还养了一头母猪，春配秋产，秋配春产，她喂的那头母猪很争气，每年产两胎，每次几乎都是高产，会产十多只小猪崽，一年下来单是小猪崽就能卖二十多只。一年一年积攒，一二十年下来，大姐靠养猪的收入修了新房，娶了儿媳妇，抱上了乖孙。

虽然有了一些钱，我却从来没有看到大姐大手大脚花过钱。听二姐说大姐去年同几姊妹到侄女敏敏在乐山市的家里耍，本来晚上大家说得好好的第二天到峨眉山，但一听说门票、揽车票加起来会花上两三百元钱，大姐就坚决不同意上山去了。

大姐其实也是挺会玩的。逢年过节，我们几姐弟都要聚一聚。二姐家比较宽敞，我们每次都是在二姐家聚会。大家聚在一起，除了摆摆龙门阵，更多的时候会打几圈小麻将，或者打叫"斗地主""跑得快"之类的纸扑克牌。大姐向来不张扬，我没有想到大姐还会打麻将、耍扑克。每次大姐夫手气不好时，大姐都会把大姐夫赶下桌，自己上场。她打得又快又好，即便手气不好，她也很大方，这颠覆了我对大姐多年的印象，也让我很纳闷——大姐打起牌来怎么跟平时判若两人？

去年，因为非洲猪瘟的原因，大姐养猪受了些损失，但她和大姐夫很快通过采摘茶叶卖挽回了损失。在乡村里就是这样，养猪也好，养鸡也罢，不管你多能干、多勤劳，常常会遇到猪瘟、鸡瘟之类的一些不可控的灾害，原来的计划说不准会全泡汤。

大姐那么辛苦、节俭，当弟弟的真心祝愿她家一帆风顺，日子越过越好。也期望大姐不要太节俭了，钱花去了，又会挣来得嘛，乡村天地广阔，挣钱的机会那么多，只要肯干，日子总会过得很舒坦的。

2020 年 3 月

我的二姐

在我的三个姐姐当中，二姐个子最高，最漂亮，最有文化，最能干。

20世纪六七十年代，老家的女孩子里鲜有个子高挑的，二姐个子却长到了一米六三。她大眼睛、身材匀称，长得很俊秀，走在人群里，颇有回头率。关键是，二姐还是高中毕业，这在当时的老家，算是文化比较高的了。

据二姐的同学说，二姐的高中成绩还是挺不错的，只是在高考的时候没有发挥好。高考之后，二姐没有选择补习再考大学，而是回到了家里，这让希望二姐多读书考上大学端上铁饭碗的父亲有些失望。二姐当时的脾气有些刚烈，常常因为观点不合就同父亲拌起嘴来，父女关系在相当长一段时间里很紧张。这种情况，直到二姐出嫁后，才得到改变。

女大当嫁，回到老家的二姐，已到了谈婚论嫁的年龄。其实，在读高中时，二姐就有意中人了，这一点，父母亲当时不知道。回到乡里的二姐的条件挺不错的，上门来提亲的红娘不少，但却不容易找到和二姐般配的人，这事让父母亲操了不少心。在乡下，隔三岔五会有一些书信寄给二姐，父亲粗中有细，觉得这当中肯定有名堂，便找二姐谈。用现在的话来说，就叫"做思想政治工作"吧，谈了好几次，二姐终于说了真话，我们才知道二姐早就有相好了。父亲文化虽不高，却很开明，他果断谢绝了媒人的好意，促成了二姐的姻缘。

二姐大概是1984年出嫁的吧，我那时正在名山一中念高中，我回去送过她。她嫁到了百丈镇一个叫毛青杠林的地方，她的夫君，也就是我的姐夫哥，是个心好面善的人。姐夫有酿酒的手艺，二姐和姐夫在中峰乡一个叫牛碾坪的地方办起了酒厂，开始了人生的第一次创业，以酿酒销酒为生。

现在的牛碾坪游人如织，是茶树良种繁育场，西南的茶树基因库，也是全国农业旅游示范点和全国首批"万亩茶园示范基地"。而那时的牛碾坪，交通、生活都不太方便，我记得有年我和我当时的女朋友现在的妻子到二姐那里去耍，是姐夫用摩托车把我们搭进酒厂的，沿着一条机耕道走，一路颠簸足足花了二十来分钟。二姐和姐夫在那片光秃秃的山岗上白手起家，坚守了近十年，因为烤的酒品质不错，销路也好，二姐和姐夫里在那里掘到了人生的第一桶金。她和姐夫用赚来的钱在百丈湖边修了一栋两楼一底的房子，后来还把酒厂搬到了国道318线边，也就是离她家新修的房子不远的地方。

二姐不单是姐夫的好内助，还是姐夫酒厂得力的干将，她能说会道的性格派上了用场。她当起了酒厂的副厂

长，专门负责酒厂的对外销售联络。她还跑到驾校里培训，学会了开车。学会开车不久，她又学会了会计。她的这些本领，帮助姐夫的酒厂红火了好一段时间。

  天有不测风云。在2008年左右的时候吧，因为销到东北的大批酒收不回款，二姐和姐夫的酒厂资金链断裂倒闭了，二姐家从此背上了沉重的债务。

  二姐是个要强的人，虽说债务缠身，她却从来没有消沉过。尽管在创业之初很困难，她却想方设法帮助我们几姐弟。我在读高三的时候，因营养不良生过一场病，有天上午正在课间休息的时候，同学叫我下楼去，说家里有人来。我下楼一看，原来是二姐煎了一条鱼赶了三个多小时的车给我送来补身体。我都参加工作了，有个星期天，二姐还跑到雅安来买了一套西服送给我。1992年，单位分房子，我差3000元钱购房款，二姐叫姐夫骑摩托车赶到雅安帮我解了燃眉之急。我弟弟读四川农业大学，几年的学费、生活费不是个小数字，全都是二姐资助的。二姐还帮在老家的妹妹出谋划策搞经济，她和姐夫出钱帮妹妹搭起了猪圈。二姐常挂在嘴边的一句话是：这些没什么，是当姐当哥的一点责任嘛。

  是的，二姐是个责任心很强的人。她不单对家人负责，她对办酒厂亏欠的每一分钱都记挂在心上，她时刻惦记着还钱的事。酒厂不能办了，她和姐夫合计，从零开始，用一楼的房子开起了火锅店，专做兔、鹅火锅。刚开始的时候，来的食客并不多，二姐和姐夫尝遍了远远近近做得好的馆子，精心创制了干锅兔、红烧兔、红烧鹅、清汤鹅、红烧泥鳅五道特色菜，鲜香的味道吸引了十里八乡

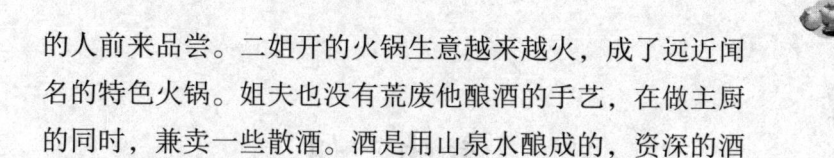

的人前来品尝。二姐开的火锅生意越来越火,成了远近闻名的特色火锅。姐夫也没有荒废他酿酒的手艺,在做主厨的同时,兼卖一些散酒。酒是用山泉水酿成的,资深的酒客回头来的不少。

　　火锅生意一好,人手就显得很紧张。但毕竟是小本生意,如果请帮手,势必增加大笔开销。二姐和姐夫没有请帮手,就靠自己两双手,从早到晚操劳,把火锅店撑了下来。有一天,二姐和二哥做了二十桌火锅,人累得几乎瘫倒下去。功夫不负有心人,花了十年的工夫,二次创业的二姐获得了成功,她和姐夫还清了所有的债务。

　　无债一身轻。年近六十的二姐显得越来越精神。她每天早上要吃两个荷包蛋。她常常叮嘱我,一定要注意身体,身体好才是最根本的。她叫我一定要提醒妻子不要只顾工作亏欠了身体,要多做健身操,在办公室坐久了的人得站起来活动活动。说到健身操,二姐可以说是个积极分子,她不单自己学,还带动周围的邻居学,她和邻居跳的健身操还参加了乡上举办的健身操比赛呢!

　　这几年,二姐其实有个事愁上心头——她和姐夫开的火锅店后继无人呢!二姐有个女儿,远嫁他方。姐夫已是六十岁的人了,不可能在灶台上一直忙下去。二姐常对我说,这可咋办?

　　是啊,这可咋办?我可怜、可爱的二姐!

2020 年 3 月

我的三姐

20世纪80年代有一部收视率很高的电视剧叫《万水千山总是情》,剧中主题曲也叫《万水千山总是情》,随着该剧的播出,这首歌成为传唱不衰的经典歌曲,歌词是这样的:

莫说青山多障碍
风也急风也劲
白云过山峰也可传情
莫说水中多变幻
水也清水也静
柔情似水爱共永
未怕显风吹散了热爱
万水千山总是情
聚散也有天注定
不怨天不怨命
但求有山水共作证

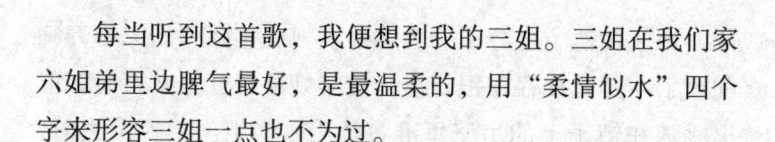

每当听到这首歌，我便想到我的三姐。三姐在我们家六姐弟里边脾气最好，是最温柔的，用"柔情似水"四个字来形容三姐一点也不为过。

二姐、我，还有妹妹的脾气都有点直，家里孩子多，在一起耍常常会有斗嘴甚至吵嘴的事情发生，但只要事情和三姐有关，我们往往会偃旗息鼓，我们尖酸刻薄的声音再大，都会被三姐无声的温柔化解得片甲不留。三姐其实还有最厉害的一招——我们几个如果在家调皮捣蛋了，她会默默记下来，父母亲回家时，她会一一呈报，这让我们很害怕，因为弄不好，性格粗暴的父亲会对我们动起手来。所以只要三姐在场，我们都会有所收敛，生怕被抓住把柄。

三姐不只是温柔，还很贤惠。我的母亲会做很多东西给我们吃，石磨豆花、魔芋、叶儿粑、米糕，这些东西我们只是会吃却不会做，但三姐却会做这些。还有一道菜，叫糯米肥肠，三姐也会做。小时候母亲会把肥肠洗干净后，灌入糯米、花生之类的东西，在锅里煮好后给我们吃，那香浓的味道，至今让人垂涎，但怎么做出来的，我至今说不出一二。在去年腊月间应三姐的邀请到她家吃杀猪血汤的时候，我竟尝到了多年没尝到的糯米肥肠。三姐说，知道我喜欢吃糯米肥肠，她回想了母亲当年的手法，做出来看看，也不知道像不像母亲当年做的那种味道。干净的肠衣包裹着雪白的糯米，热气腾腾，散发出香喷喷的味道，和当年母亲做的一模一样。尝着三姐做的糯米肥肠，我发出这样的感慨：有食如此，夫复何求！

三姐的善良，邻里皆知。她心眼好，同左邻右舍处得很融洽。三姐出嫁到邛崃市的临济镇，因为拆迁补偿的缘

故，她家在镇子里分了一套房子。前些年她和姐夫靠养猪积攒了 4 万元钱存在银行里，前年她从银行把 4 万元钱取出来放在镇子上的房子里准备他用，当她出门返回去时，却发现 4 万元不翼而飞。小偷真是可恶，应该是盯了三姐的梢，利用她不在家的时间将所有钱款席卷而去。4 万元可是三姐和姐夫全年的收入啊。看着三姐懊悔的样子，我觉得很心痛。三姐太善良，她竟没有想到这个社会还是有些小人需要提防的。三姐后来报了案，但最终没有回音。

也许是吉人自有天相吧，天佑善人。去年，乡下大部分地方闹非洲猪瘟，三姐养的猪却毫发未伤，猪价是从未有过的好，三姐和姐夫靠养猪这一项收入，从被偷的困境中走出来。她请我去吃杀猪血汤时，我顺便看了她家的猪圈，还新养了二三十头猪呢！如果不出意外，三姐还会有一笔可观的收入。

望着堂屋悬挂的新鲜猪肉，我给三姐开了个玩笑："三姐你这是炫富啊！"

三姐温柔地说："卖归卖，还是要多准备一些自家吃的嘛。"

三姐是 1966 年出生的，属马，她的温柔兴许与属相有关吧。

2020 年 3 月

我的二哥

我的二哥,叫毛贵林,是我二姐的夫君,虽非我的亲哥,却比亲哥哥还亲。

认识二哥,是在我读高中的时候,那时他正和我二姐处对象呢。二哥和二姐处对象,是一件顺理成章而又很不容易的事情。

父亲说,二姐在百丈读高中时,其实就和二哥开始有点那个意思了,这一点,父亲也是在事后才知道的。那时的高中,不像现在读的是三年,只需读两年就毕业了。二姐成绩虽然不错,但在高考时没有发挥出来,后来也没有去补习,而是回到了老家务农。回老家时,二姐才十五岁,在乡下人中,算是文化比较高的。父亲喜欢念书,因为家里穷,他只念了几年高小便辍学了,他希望自己的儿女多读些书,都成为文化人。他送二姐去读高中,是一心希望二姐能考上大学的。二姐回家后,我们感觉父亲多少有些失望。女大当婚,在不知道二姐在读高中时就有意中人的情况下,父亲和母亲张罗着为二姐介绍对象,后来从

二姐那里得知真相后，父亲当即中断了红娘的好意，最终促成了二哥和二姐的姻缘。

听二姐说，二哥读完高中后，去当了兵。当兵期间，二哥和二姐是通过书信来往的。当完兵后，二哥才有时间到我们家里来。二哥个子不算很高，人却长得比较帅，属于心好面善的那种。我感觉二哥每次到我们家里来，都是紧张兮兮的。那时的乡下，老丈人也好，老丈母也罢，都是喜欢身强体壮、能做农活的女婿的。会不会做农活，成了人家户判断女婿能不能干的重要标准。因为二哥不会做农活，所以每次走进田间地头时，他都显得手忙脚乱，这让父亲很是恼火。好在二哥有经济头脑，在帮我们家养上兔子之后，他到一个叫牛碾坪的地方烤起了酒，当上了酒老板，二姐嫁过去和他一起开始了烤酒、卖酒的营生。

那是在20世纪90年代初期，商品经济正开始的时候，二哥、二姐酿的酒品质好，很好卖，二哥和二姐很快积攒了一些钱，在百丈湖边修了一栋二楼一底的房子。后来，二哥还把酒厂搬到了离新房不远的公路边上。他还利用新酒厂空的铺面兼营了一段时间餐饮，生意也挺不错，我同学旗的嘴是很刁的，却觉得他做的菜味道很巴适，专门带人去尝了好几次。然而，好景不长，因为销到东北去的大量散酒收不回款，二哥办的酒厂最终因资金链断裂倒闭了，二哥、二姐因此背了好一些债务，陷入了好几年的困境。

虽说自己很窘迫，二哥却没少帮助我们家里。老家养猪修圈，二哥出钱还出力。老家翻修房子，二哥忙里忙外。弟弟读大学，二哥解囊相助。二哥全然成了我们家重

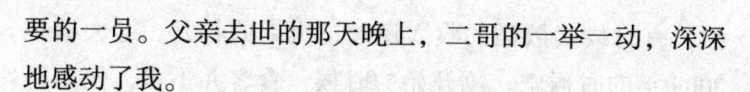

要的一员。父亲去世的那天晚上，二哥的一举一动，深深地感动了我。

那是2008年的秋天，父亲已病了很久了，医生说已没治了。在父亲临去的那天晚上，我们几姐弟都回到老家守候在父亲身旁。晚上11点左右吧，父亲没有说一句话，只是深深地叹了口气便离我们而去了。只见二哥冲进屋里，抱起父亲的头为父亲迅速理了发，还为父亲穿上了寿衣。这些据说是老人去世后的规矩，我作为长子却不知道要这样做，其实在那一刻，从没有见过人去世场面的我还有些害怕呢。二哥三下两下就做好了这些，第二天，他还赶回去为父亲定做了墓碑。我作为家里的长子，在外面工作多年，可以说对父母亲、对家里没有尽到多大的责任。二哥在自己很艰难的情况下，却为我们家、为我们几兄妹付出了很多。

二哥遇到的困难，是我们想象不到的。从我二姐很长一段时间焦虑的神情中，我多少能感觉到一些。逢年过节，追上门来讨债的不少，二姐有时都被逼得哭了。有一年，我在二哥家耍，有位债主来逼二哥还钱，因为二哥还不上钱，那位债主愤怒得把底楼铝合金门几乎砸坏了。但二哥从来没有赖过账，他拍着胸脯对追债的那些人说："欠债还钱天经地义，请放心，我毛贵林一分一厘都不会少大家的。"

从远近闻名的酒老板沦为负债累累的乡下平头百姓，二哥没有消沉，他和二姐利用底楼的铺面开了火锅店，主要是做兔、鹅火锅，兼卖一些散酒。因为他是酿酒师，对每一罐酒的品质都仔细把关，所以他的散酒也挺受人欢迎

的，有时候卖散酒的收入还超过火锅的收入。这大概是2009年的时候吧。刚开始的时候，食客并不多，但二哥和二姐特别好学，他们遍尝了十里八里很多家做得好吃的馆子的菜，回家后不停琢磨，很快创制出了火锅兔、干锅兔、红烧鹅、清汤鹅、红烧泥鳅五道毛家兔鹅火锅当家菜品。火锅兔的嫩滑、干锅兔的麻辣、红烧鹅的浓香、清汤鹅的鲜美、红烧泥鳅的酥软，吸引了十里八乡的食客，光顾毛家兔鹅火锅的人越来越多。二哥和二姐几乎天天从早忙到黑，一锅接一锅，一天接一天，功夫不负勤劳人，十年之后，二哥二姐还清了所有的债务。

走出困境的二哥，没有停下他忙碌的脚步。一会儿邀约他老家的侄儿侄女团聚，一会赶赴战友的聚会。他还特别惦记我的儿子、他的侄子轩轩的事。他说，轩轩在外读书，难得回来一次，得给轩轩做吃点好吃的。这不，说到做到，上周末，二哥他停下店子的活，花了半天时间，精心给轩儿做了一锅兔头。

看着轩儿狼吞虎咽的样子，我真想大声说："二哥，有你，我们真是太幸福了。"

2020年2月27日

秋风习习话语文

今年夏天，酷热难耐。直到临近处暑，连下了三场秋雨之后，我们终于同轩儿在秋风习习里静静地回味起初一语文学习的朝朝暮暮。

正如班主任蔡老师在《逝·年祭》里所写的：这一年究竟是快乐、充实，还是郁闷、忧愁、虚度？我们想，也许兼而有之吧。但不管是什么，过去的终归是过去了，唯有对过去的点滴做一个好的串掇，才能分清瑕疵，以一串珠贝分明的光亮昭示初二，及至初三，乃至更长的航程。

在这一轮记忆的珠贝中，轩儿是有好几串闪耀的光环的。通过学习鲁迅先生的《社戏》，轩儿知道了什么是好客、热情、阳光，并且努力在学习之余、生活之中践行之；在上新课之前的预习中，轩儿知道了什么叫把握重点，有的放矢；通过一定量的课外阅读，轩儿品尝到了拓宽知识面的快乐与幸福……

然而，一如秋果的丰收，我们觉得轩儿也有好些成长中的青涩，甚至是阵痛。

柿子
SHIZI
HONG LE
红了

　　轩儿对学习语文的重要性的认识是有待深化的。语文作为社会精神的产物，人类文化素质的载体，无一不体现了它在人类生活中有着举足轻重的地位。它是表情达意的工具，它是知识传承的桥梁，它是衡量人才知识与素质的重要标准。中华民族五千年璀璨的文明长河里，闪耀着数不尽的文化瑰宝：朗朗上口的唐诗、意境深远的宋词、拨人心弦的元曲和包罗万象的明清小说……要想熟谙其中之一，是需要花费许多心血，甚至是毕生的精力的。作为一个即将进入初二的学生，面对浩如烟海的语文知识，是没有自满的理由的，必须静下心来，带着一种敬仰、乐观的心境去认真学习。

　　轩儿毛糙的学习态度是必须要改进的。我们和轩儿谈起期末语文试卷的一道题来了。那道学生课外阅读种类统计表的题，轩儿全失三分，实际上对于喜爱数学的轩儿来说，那道题只要仔细分析分析，是不难有个好的回答的。然而，轩儿毕竟是全失三分了。分数并不重要，但透过分数我们可以查找出一些问题。这说明什么呢？对知识点的分析，轩儿还显得有些粗糙；对基础知识的掌握，他是没弄得很扎实的。在探讨之中我们一致认为，对语文的学习，一如漫长的人生之旅，来不得半点浮躁，要一步一个脚印坚实地走下去才行。

　　轩儿蜻蜓点水似的阅读也是需要改观的。轩儿说他在课外看了一些书，但却举不出一个像样的例子来佐证他的阅读之获。即便是他喜欢的鲁迅先生的《野草》，他也不能说出鲁迅先生文章的闪光点到底在哪里。所以，对于一篇好的文章，其主题立意的高远、谋篇布局的艺术、遣词造句的技巧，是需要轩儿在以后的学习中逐一思考、拿来，进而成为他自己的东西的。

很快就要进入初二的学习了。"过程正常，结果也就正常。"我们坚信，天道酬勤，通过蔡老师的悉心指导，经过孩子们的不懈努力，赶着语文知识浩瀚之海的孩子们一定会收获一串串沉甸甸的七彩珠贝。

2011 年 8 月 24 日

贴春联

今年年还没到,妻子就开始叮嘱,家里的那副春联贴了好些年了,该换副新春联了。

说起换东西,我就有些紧张,因为每次换,家里都会有些损失,至少精神受些折磨。比如说,换房子,除丢了一些老家具外,还差点掉了有些纪念意义的红盆子。关于红盆子的故事,我在《红盆子》那篇小文里详细说过,在这里就不再赘述了。有一次,换书柜里的旧书,把我珍藏多年的一本书弄掉了,那可是一本讲述中华千年酒文化的书,我好不容易在我的酿酒大师——我的姐夫哥家里弄来,准备退休后认真加以研究,现在却想找也找不到了,失了对酒的间接经验的认识,就只能用自己的肉体一次次去体味这"迷魂汤"的奥妙了。

仔细端详着大门口的这副春联,我还真舍不得换掉呢。这可是一副万能春联啊,不管是龙年、牛年,还是什么年,它都适用。其上联曰"一帆风顺全家福",下联曰"万事如意满堂春",横批"吉祥如意"。整副春联用行书写就，传统的黑字红底。它们在我家大门口无声无息相依十多年，就好比门神守护着我们风雨兼程平安而归，我到哪里去找好过它们的春联呀?!

贴春联，写在先。如果会写毛笔字的话，在乡下就是一件非常了不起的事。每年放寒假，快过年时，父亲总嘀咕道："供你们读了这么多年书，你们还是写副春联吧。"我们几姐弟是读过几天书，可毛笔字是没有学过多少的。这在父亲看来，无法理解。他觉得我们如果能写几副春联贴在家里，是一件很光彩的事。有一年，见父亲唠叨得实在不行了，我硬着头皮写了几副贴在家里柱头上，字在行家看来肯定不行，但在父亲眼里，字字生辉。他高兴得不得了，逢人便说："我家春联是威儿写的!"从这以后，每年在家，写春联、贴春联便成了我的专利。父亲会早早从场上买回红纸、笔墨放在家里，我一拿起毛笔，他就会屏住呼吸、两眼放光盯着我一气呵成，然后乐呵呵拿起春联贴上门柱。

离开老家很多年了，不知道在乡下的父亲是怎么解决写春联这个事的，他知道我比较忙，就不再要求我写春联了。这对我来说，虽然是解脱了，但多少有一些失落感——其实，我还是喜欢看到父亲盯着我写春联的那副高兴样的。

老家贴春联叫人喜欢之处，恐怕还在于青山绿水之间，古朴的川西民居因为贴上春联闪耀出的那种韵致、那种喜庆、那种希望。前段时间，我看见我的朋友三如居士发的微信，让我感慨万千，羡慕不已。三如居士在老家建了个"合江书院"，他是当地有名的书法家，他在那间老

宅的门上贴了两副春联，一副云："坡上茶山春意早，书院人家逸兴高。"另一副云："从此永怀茶山下，终生长住白云隈。"全木结构的门庭，配上清雅的文字，真可谓联庭相彰。估计青年诗人钟渔也是喜欢三如居士的书院吧，当天看到微信，便产生了登门造访的激情。只可惜我因接从省外回来的儿子，按规定得居家观察预防新冠肺炎，要不然，我会在第一时间跟着去感受三如居士的乡间雅舍了。

　　身处于钢筋混凝土的城市，每天回家看见门上的这副春联，心里总觉得暖乎乎的，这让人有一种浓浓的归属感。今又牛年，这十多年的时间里，这副春联已深深贴近我的心里，即便换上别的什么佳联，它也一定永远贴在我心里不会离去。我想，这些年风里来雨里去的妻子也一定会有我这种感觉吧！

2021 年 2 月 10 日

岁月如歌
且歌且行

柿子红了

听说,周公山这些年不单风景变好了,还产柿子,巴适得很。周公山的风景,我见过,确实名不虚传。但其柿子如何,我没有亲眼见过,期待早日一睹真容。

农历九月的一个周末,朋友国一家邀约到周公山上他妹妹家去摘柿子,我代表全家欣然前往。在出发之前,我对国说,20 世纪 90 年代,我曾爬过一次周公山,是从周公河吊桥那条路爬上去的,那次登山,是半途而废了,爬到半山,望着羊肠般缠绕而上的陡峭山路,我撤退了,那次不成功的登山经历从此成了我的一块心病。国听了我的话,大笑起来,安慰我说,别担心,现在路都修上山了,我们是开车而上,一点都不困难。

周公山,古时候称蔡山,离雅安市区仅一公里左右,诸葛武侯征讨西南途经于此,梦见周公,所以叫周公山。其主峰金船山海拔一千七百多米,整座山风光秀丽,古迹众多,国的妹妹家就住在半山上。

我们一行几个人坐上勇哥开的车,从三九大桥这边盘山而上。国说，这盘山路以前真是不好走，既窄且长，坑坑洼洼；开车不安全，得靠一双脚爬上去，来来回回得花大半天时间，现在可好了，搞村村通工程，泥巴路铺成了宽宽的水泥路。确如国所说，上山的路虽然有些弯，却是好走得很，只二十来分钟的时间，我们便到了国的妹妹家。

一楼一底，红墙碧瓦，国的妹妹家矗立在半山腰的路边上。房子背后是茂密的林子，从房前远眺，青衣江像一条玉带飘然远去，雨城，如一串珍珠镶嵌在青衣江两岸，在阳光里闪耀着光华。国的妹妹早已得知我们来意，用手一指："柿子在那里呢，你们看！"抬头一望，只见后山坡的林子里，有好几处黄灿灿的颜色。同行的芳惊喜地说："那不是黄手帕吗？"芳是教中文的，洋溢着浪漫气息，她把散布在林子里的柿子树比作黄手帕了。

爬上房背后的山坡，只消几分钟的时间，但要把山坡林子里柿子树上的柿子摘下来，却不太容易。国的妹妹说，得依靠竹竿之类的辅助，才能将高挂在树枝上的柿子请下来。国的妹妹递给我们几根竹竿后，背着一个空背篼朝后山深处走去。

我们拿着竹竿钻进了林子里。刚下过雨，林子里有些湿滑。国的妻子琼不停地提醒我们，要小心，别摔着了。山路我们是不常走了，尽管牢记着国妻子的叮嘱，我们几个还是摔了几跤，只是摔得不太痛，裤子上沾了几块泥巴，散发出湿湿的味道，我们反倒享受到一种与自然亲近的快乐了。

说起摘柿子，我想起老家李老爷家那棵柿子树。

柿子红了

　　20世纪七八十年代，老家物资还很贫乏，左邻右舍手头紧巴巴的，要想买点花生、胡豆之类的零食吃可真不容易。要想吃到苹果、梨子等水果，更是难上加难了。那时候的乡下，是可以见到气柑、红橘的，但这些水果仅少数人家才有。柿子、酸枣虽说是野生的，也不多见。一到深秋，李老爷家田坎上那棵柿子树总把人的胃口吊得老高。

　　树高约五丈，呈扇盖样的树冠上，密密麻麻地挤满了红扑扑的柿子。树的周围都是冬水田，田坎也不太宽，走在上面，一不小心就会掉进冬水田。所以，柿子虽好，要想吃上一口，却成了奢望。柿子红透了，自然往下掉，大多掉进了深深的冬水田，偶尔有几颗掉在田坎上，往往摔得稀烂。每年看着李老爷家红透顶的柿子，小孩子家家的我们只有把一汪汪口水往肚里咽。吃上红柿子，打小也就成了我们心中可望而不可即的梦想。

　　进城工作了，吃上红柿子才变得简单。但一般买的是商家货，全然没有在山间野径仰望柿子盼着吃柿子的那种味道。要说吃柿子印象比较深的一次，是在西安了。前年，我们一群朋友自驾车去西安玩，在去秦始皇陵的路上，我们看见沿途树枝上沉甸甸地挂着一些红红的果子，当地人说是柿子。在回来的时候，我们每家买了一大箱带回四川。西安的柿子不大，只有鸡蛋般大小，当地人说叫火晶柿子，红得很深、很透，味道出奇的甜，吃了一颗还想吃一颗，有一种"日啖柿子三百颗"才解恨的感觉。

　　柿子虽好，却不宜多吃。上了岁数的老人家常常这样说。还是"百度"说得全面，柿子不但营养丰富，还有很高的药用价值。生柿能清热解毒，是降压止血的良药，对高血压、痔疮出血、便秘都有好的疗效，另外，柿蒂、柿叶都是有价值的药材。柿子吃多了，会吃出些毛病。比如说，不能空腹吃柿子，忌与酸性食物同吃，否则会沉淀凝结成块留在胃中，形成"胃柿结石"，胃柿结石会越结越牢固，会引起胃黏膜充血、水肿、糜烂、溃疡，严重的会引起胃穿孔。

国老家住的地方离他妹妹家不远，平时也常常回去。在山林里穿行，国和妻子比我们敏捷、利索得多。琼是教幼儿园的，活泼得很，但我们没有想到她还会爬树。柿子树有好几棵，挂满了青黄的柿子。有一棵结得特别多，树冠有些歪，树巅上挤满了果子。琼一边爬树，一边说，这些年退耕还林做得太好了，柿子多了起来，要是在以前，想多摘些柿子还真是办不到呢！琼跳跃了几下，想爬上树去摘，我们担心她掉下来摔着，拉住她坚决不让她爬上去。她只好拿着竹竿作业。只见她左挑右撑，柿子纷纷落下来，但好多掉在了灌木丛里，叫人一阵好找。

约莫半个钟头的时间，柿子摘得差不多了，我们决定收兵，分享战利品。捧着还不是很熟的柿子，我和赵大哥几个犯起了愁。上山之前，我已跟家里人夸下海口，说会摘到很多柿子，而现在到手的柿子却不多，这下回去怎么向家人交代呢？

"你们不用再摘了，我这里帮你们摘好了！"

国的妹妹清脆的声音从我们身后响起，她背了一大背篓柿子从山坡上走下来。望着纤弱的她，我们才反应过来，原来她是一个人去更高更难走的后山帮我们摘柿子去

了。我心里忽然有种感觉：与其说周公山的柿子好，不如说周公山上的人更好呢。

国吩咐我们，把柿子放在家里闷上个把周，就可以尝到甜甜的味道了。

回到家里，小心擦去柿子表面的水滴，轻轻将柿子放在一个纸箱里，便开始扳着手指盘算着柿子红透的时间。一周过后，出差回到家，边咽着口水，边迫不及待地掀开纸箱。柿子一个个硬硬地躺在箱子里，并没熟。有些失望的我打电话问国原因，国说可能是我没把纸箱封好，敞风了。经国这一提醒，我恍然大悟：是呀，自己确实没封箱口，怪不得柿子没红。仔细一寻思，我觉得不单是自己方法不得当，兴许还有太心急的原因。定睛一看，柿子原来有些青黄的脸其实已经泛着朵朵红晕了，心里不禁欢喜起来，于是赶紧把箱口封好。又过了半个月左右的时间，打开纸箱，果如所愿，柿子一个个红彤彤地瘫软在纸箱里。

尝着甜甜的柿子，我想：日子来之不易，或许亦如摘柿子、藏柿子吧，路子对了，走下去，宁静些时日，不甜才怪呢！

2019 年 3 月 9 日

三到雨城

雨城，虽是座小城，却有着其他地方无与伦比的温婉、清丽，工作于斯、生活于斯，当是何其幸运。

一

第一次到雨城，是在很小的时候，是徐孃孃带我去的。徐孃孃当时在我老家的生产队插队。插队是1980年以前城市知识青年"上山下乡"的一种模式。我父亲是生产队队长，徐孃孃就住在我家里。徐孃孃待人很温和，没多久的时间，她便同我们家热络成了一片。我当时只有几岁，调皮捣蛋得很，但徐孃孃没有嫌弃我，她不管到哪里都会带上我。

徐孃孃在雅安师范校读过书，那是20世纪70年代的一个夏天吧，徐孃孃说要到雅安去看看她在师范校工作的同学，她带上我搭班车到了雅安。雅安即我所说的雨城，在那时，我并不知道城市和乡村的区别，因为我脑袋里压

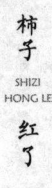

根儿没有城市的概念。我们到了雨城，也没到其他地方，就直奔徐孃孃同学所在的雅安师范校了。到了之后，走进一排火砖房，徐孃孃的同学热情地招待我们吃鱼，印象中那鱼是用一个黑色的小砂锅炖的，没有用辣椒，纯白的清汤，好喝得很。我当时并不知道喝的什么鱼汤，到后来才知道，实际吃的就是砂锅雅鱼。

砂锅雅鱼，是雨城的一道名菜，是用雅鱼为主料，辅以鸡肉、圆子、姜片、香菇、豆腐、鲜笋、酥肉片、胡椒粉等配菜和佐料做成的。砂锅雅鱼的特点是肉嫩汤鲜，营养丰富。雅鱼的头骨似一把宝剑，传说是雨城天漏，女娲在补天时，她的佩剑掉下来成了雅鱼头上的一柄剑。据说得到这柄剑的人会工作顺利、爱情美满、婚姻幸福，所以，每次吃雅鱼时，服务员都会叮嘱客人挑出雅鱼头上那柄剑，精心包好，把好运带回家去。那天在徐孃孃的同学家吃时，只知道好吃，却不知道砂锅雅鱼有何前世今生。

我们只在徐孃孃同学家住了一个晚上，第二天一早，便返回老家去了。雨城在我脑中的印象，恐怕就是徐孃孃那位戴着眼镜的同学做的鲜美鱼汤了。

二

20世纪80年代末，我在月华山上的名山一中念高中的时候，一位姓黎的同学有个周末约我去雅安，我问他去雅安干什么，他很神秘地叫我别问，说到了就知道了。

我跟着那位同学到了雨城，来到了雅安一中校门外一间房子里，黎同学的一位老同学接待了我们，大家聊起雅

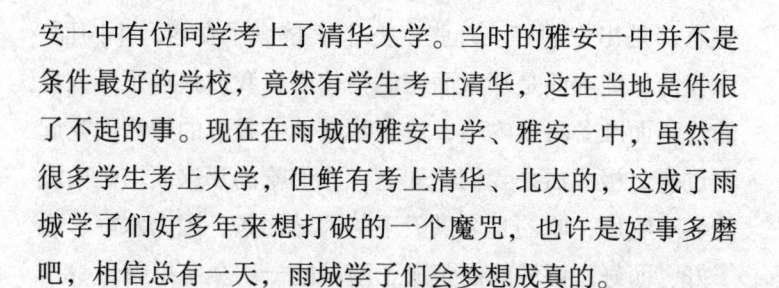

安一中有位同学考上了清华大学。当时的雅安一中并不是条件最好的学校，竟然有学生考上清华，这在当地是件很了不起的事。现在在雨城的雅安中学、雅安一中，虽然有很多学生考上大学，但鲜有考上清华、北大的，这成了雨城学子们好多年来想打破的一个魔咒，也许是好事多磨吧，相信总有一天，雨城学子们会梦想成真的。

直到天色很晚了，才从黎同学口中探得到雨城的目的，他说他是应同学之邀，到雨城了却一个恩怨，也就是找我来帮忙打架的，他觉得我篮球打得好，体力好，是正好的人选。我当时惊得目瞪口呆，我从来没有打过架，黎同学真是找错帮手了。好在是一场虚惊，原来约好的半夜干的架不知什么原因没有打成，天一亮，我便闹着回学校了。在雨城汽车站，估计是黎同学觉得不好意思，他在站口小摊上招待我吃了一只烤鹌鹑，油光金亮的烤鹌鹑味道挺不错，只是有些贵了，花了2元钱，快抵上一个月的伙食费了。这便是我第二次到雨城的经过了，趁着夜色而来，踏着晨雾而去，雨城是什么样子，没有看清。

三

1990年7月，我从学校毕业了，我们一个学校的七个人从重庆返回雅安。那时候，学校毕业国家是包分配的，我们先到雅安地区人事局报到，然后到所分配的单位去工作。

我们到雨城的时候，已是下午较晚的时间了。我们在华兴街的一家面馆里吃面。那是一家布置很简单的面馆，

柿子
红了

SHIZI
HONG LE

生意却是出奇的好。几张木方丁桌挤满了食客，牛肉面、炸酱面、炖鸡面是那家面馆的招牌面，我们只点了不太贵的炸酱面准备将就吃下，没想到红油、香醇的炸酱面吃起来过瘾之极。后来我们才知道，我们吃的那家面馆是雨城的名小吃店，吃的是名满天下的雨城面条，因为水好、臊子好、面好，雨城的面条成了雨城的一块金字招牌。

我们住的是地区工业局招待所，就在美丽的青衣江边。路灯摇曳，一江轻流，整座城市显得无比宁静。我当时突然有个奢想：要是能在这个城市工作，该有多好啊！但我们也有自知之明，国家已经分配了单位，所去的地方应该就是县上最基层的工矿企业。想着明天大家就会离开这里各奔东西，大家商议还是聚一聚道个别，我们凑了七块多钱，买了一瓶红酒在招待所的房间里喝起来。酒量虽都不太好，心境却是一样的惺惺相惜，就那么一瓶，几个人竟都喝醉了。

因为身上揣的钱所剩无几了，我第二天同几个同学道别，借口说有事要耽搁一下，迟一些到人事局报到，其实我是到在老家县里一个镇政府工作的叔叔那里借钱去了。返回人事局报到时，人事局负责派遣的一位同志对我说："小魏，有个单位看了你的档案，觉得你不错，人老实，字写得好，篮球打得棒，他们要你了。"在雨城举目无亲的我感到很惊讶，不太相信他说的话，不过很快那个单位人事科的人就来接我去报到了，去了之后，才知道是个很大的地级机关。我这个从乡村里出来的孩子，从来没有想过自己会在机关里工作，虽然自己在机关里是资历最浅的，而且是从最繁杂的岗位干起，但是我一点也不觉得

累。我记住了单位政工科的老刘叮嘱我的话：老老实实干事，你是不会吃亏的。这一干就是好几年，在单位分房、成家，后来又因为工作踏实被另外一个大机关调去，从此在雨城扎根下来，一待就是30年。

记得刚在第一家单位上班时，有个同事对我讲："小魏，你好生干，看看今后退休后能不能混出个办公室主任呢！"的确，在当时来看，能在退休时当上个科长已经是奢望了，但没想到，后来的变化却超出预期。我至今感叹：同雨城真是有缘分，雨城不单收留了我，还给了我意想不到的工作、生活，我这辈子感恩不尽。

2022 年 1 月 18 日晚

金毛犬

邻居家的金毛犬不见好些年了,我却常常想起它。

它是一只多么受看的犬啊,每天晚上邻居家牵着它出来兜风,我都会目不转睛地盯着它看,看它一身金黄的颜色,看它一路威武的样子,看它一路跟随主人的忠实。它每次看见我,都不停地摇尾巴,眼睛里满是亮晶晶的善意。

只是有一天,邻居家来了两个不速之客,把邻居家的东西席卷一空,邻居家的这只金毛犬亦因此事受难。邻居家男主人是警察,小偷也是明知山有虎偏向虎山行了,男主人的警服就挂在衣架上,他们也敢动手。主人家发现被盗之后,迅速报了案。我还是第一次看到这阵仗,一群警察呼啸而来,他们用照相机在主人家屋子里照来照去,后来听懂行的人说,那是高清照相机,连地上走过的脚印也照得出来。很快,案子就破了,原来是郊区的两个小混混所为。据小偷供述,他们先是窜至楼顶搜刮,发现金毛犬拴在那里,两个小偷丢了半截衫子给金毛犬,金毛犬一点声音也没喊出，衔着衫子快乐地玩耍了起来，它哪里知道人心叵测，又哪里知道来客是心怀歹意的小偷呀！小偷从楼顶洗劫到楼下，整整半个小时的时间，金毛犬都没有发出一声警告。

当天案发后，我亲眼看到邻居家对着金毛犬怒吼："你枉自的，中看不中用，每天给你好吃好喝，关键时候，你一点用都没有！"金毛犬一声也没吭，只是默默地地看着不停数落自己的主人。没过几天，邻居家来了一只新犬，一见生人便狂吠，连我这个邻居在楼上走动几下，它也叫个不停。我想，这下邻居家该是放心了。

然而，我却不能放心，邻居家的那只金毛犬到哪里去了呢？金毛犬是舶来的动物，或被用来狩猎，或被用来寻回被猎枪射落的水鸟，是人类最忠实、最友善的家庭犬及导盲犬。金毛犬的特长肯定不是防盗了，我觉得用非所长的金毛犬被邻居家数落成那样真是有点冤了。

不知道离开邻居家的金毛犬找到好的归宿没有，我至今仍挂念着它。

2021 年 7 月 29 日

柿子
SHIZI
HONG LE
红了

空 巢

　　曾经到过北方一个地方三次,每次到了,都会看到一模一样的一树风景,让人难忘。

　　那不知是什么树了,高高的、光秃秃的树干,光秃秃的枝丫,孑立在北国寥廓的天空里。在光秃秃的枝丫间往往撑着一窝喜鹊,黑乎乎的影子在风里飘摇,让人担心极了喜鹊的命运。窝大多数时间空着,喜鹊什么时间回来住进窝里,不得而知,而清早起来,常常看到喜鹊在窝边飞翔,"喳喳喳"的叫声时断时续滴落在凉飕飕的海风里,使人倍增"枯藤老树昏鸦,断肠人在天涯"的孤寂。这,便是空巢给我的第一感受吧。

　　细细想来,这人和喜鹊又有什么区别呢?到北方的我也不过是一只远离巢穴的飞鸟罢了。喜鹊搭窝,不知要完成多少次飞翔,不知要经历多少次风吹雨打,才能将衔来的枯枝垒成窝。不管经历怎样的风风雨雨依然深情相拥,大自然的生灵在方寸天地里的相守,不能不让人唏嘘。灰雁的忠贞不贰、羚羊的一生相伴、水獭的夫妻守护,无一

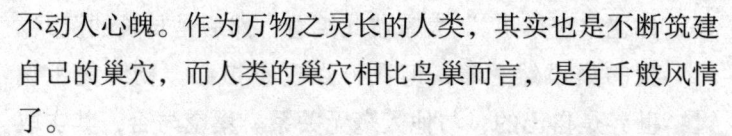

不动人心魄。作为万物之灵长的人类，其实也是不断筑建自己的巢穴，而人类的巢穴相比鸟巢而言，是有千般风情了。

北方人居的朴实厚道，南方人家的灵动淡雅，即便属于同一个地方的屋子，也可能因为主人家文化的差异、喜好的不同，屋子内摆设都各有特色。但不管屋内的摆设堂皇也好，简单也罢，这人类社会巢的空与动物界巢的空比起来恐怕要复杂得多。

有些空并不是空，反倒是一种充实。我曾经到过川西一个县的中高山区，看见四处是空着的房子，觉得很奇怪，一打听，才知道是当地的人家搬到地势低、生活方便的集镇居住去了。群山相峙，秋风送爽，那一幢幢空着的房子丝毫不显得苍凉，其实成了映衬当地百姓生活进步的符号。

有些实并不见得实，反而是一种空虚。如果一处宅子，本来有人却是空着，那倒要引起我们的深思了。看看街巷里的老人吧，试想，子女不在身边，独处一寓的他们会是何等的孤单？现在街面上的养生馆多起来，一大早便挤满了听讲座的老人，他们醉心于养生馆年轻导师的甜言蜜语不能自拔，有的甚至不惜拿出多年存款买来养生馆推销的产品，而他们的儿女知道了往往抱怨自己父母的愚蠢。其实细想起来，这能单方面责怪这些老人吗？长期守在空落落的房子里，儿女们十天半月都不回来看一下，这身心的孤寂怎么消受得了？

前段时间，朋友见我发了一则孩子去国外读书的微信，开玩笑说："你现在空巢了。"我说："你也不用太高

兴，你也早空巢了。"大家彼此笑着，然后是长长的沉默。

　　我的巢虽然空着，但我一点也不担心。杨绛先生说过，世界是自己的，与他人毫无关系。巢空与否，其实取决于一个人的内心世界。内心淡泊，即便身处方寸之地，也会觉得万物丰盈。内心欲重，哪怕天地再大，处处也是浮尘。

2021 年 7 月 4 日

丽江行

久慕丽江之名，我们一行几个人去年八月初去了趟丽江。

知道丽江，是缘于2004年看的那部叫《一米阳光》的电视剧，剧中凄美的爱情故事令人扼腕叹息，当时心里有个疑问：是在哪里取景的呀，拍得那么好，有机会一定要去实地看看！后来几经打听，才知道是在丽江拍摄的。

那天到达丽江已是下午了。我们在丽江古城旁边找了个住处，稍事休息后，便迫不及待走进丽江古城。

好家伙！入口处便挤满了人，看着焦虑而期待的我们，值勤的保安说：耐心等一下，人是有点多，每天到丽江的人有十万之多呢！不得不佩服当地的服务保障能力，虽然人流如潮，却是忙而不乱，一拨接一拨的人流在古城里有序进出。

如果说丽江古城本身是一道风景的话，那么这来自四面八方的人流又给古城添了一道流动的景致。阿来先生曾经为丽江写过一篇题为《一滴水经过丽江》的文章，我觉

得阿来先生说得真是很形象、很贴切呢，此时的我感觉自己真是滚滚人流中的一滴水，淌过一块块晶莹的青石，穿过一条条古朴的巷子，掠过木府的百年风云，汇入到四方街纳西族同胞热烈而奔放的舞蹈里。

不知走过了多少条巷子，在傍晚的时候终于走到了我们找的地方——五一街文治巷大冰的小屋。据说这家小屋的老板大冰是一个多才多艺的作家，一个会写书的歌手，我们到他那里本是要听一听他现场唱歌的，但没想到门外有人把守，排队的一长串，而且说都是预订了的。我们几个只是随意而来，没有预约过，排完队走进去不知要等到什么时候了，我们在门外望了望，怏怏而去。

丽江的夜色是妩媚的。流水无声，灯影如魅，人影绰绰。东大街、四方街、新义街，酒馆林立，人流如织。我们拨开夜的帷幕，穿过一串串光怪陆离，在一家酒馆刚空出的一张桌子边坐下来，在丽江撩人的夜色里，端起了酒杯。沿河两边，有歌者路过，只要招手，一曲或依恋或忧伤的曲子就会萦绕在你的耳畔，流淌进你的心里。回到住处，已是深夜了。整个下午，丽江给我的感受，莫过于人流如潮了，具体看了什么，竟说不上来。走得够累，加上几分酒醉，躺在床上便呼呼入睡了。

第二天，我起得比较早，一个人出来散步，几步远的地方，就是丽江古城。不见了白天拥挤的人流，丽江以一种全新的面容站立在我面前。

彩色的油纸伞如花绽开，连成一线，温婉了一条深巷。时光在水车上停留下来，无语伫立。石狮拱卫，忠义清悬，木府在晨曦里焕发出宫室之丽。柴门"吱呀"次第轻开,走出一个个背着书包的孩童,他们灵巧的身影是这座古城画卷里闪耀的星星。

哦,这清静,多么真实,多么迷人!我想,这才是丽江真正的魅力吧!

2021年6月9日

做一回重庆人

曾经在重庆读过两年书，到现在身份证号都还是重庆的。重庆人是我喜欢的，他们性格的火辣、外向，他们干事的麻利、干脆，他们为人的豪爽、大方，他们待人的热情、包容，给我留下很深的印象。离开重庆三十多年了，我常常骄傲地对人说，我是重庆人。说是这么说，自己身上其实没有多少重庆人的样子，而这次去重庆参加好友刚和芳的女儿的回门宴，我再次实实在在感受到了重庆的山水人情。

芳其实不是重庆人，大学毕业后在原雅安师范学校教书，后跟随夫君刚调到重庆江北区工作，在重庆几年下来，芳满口地道的重庆口音，全然分不清她是当地人还是外地人了。得知芳的女儿宇出嫁到广东汕头后回重庆办回门宴的消息，我和妻子高兴得不得了。芳不单是妻子的好友，还是妻子和我的媒人，芳有好事，我们无论如何也要表表心意的。虽然远隔千里，但妻子和我决定一定要赶到江北区去祝贺祝贺。

我们是星期五下午下班后从雅安出发的，一路之上，我和妻子分工明确，我虽然开车好一点，但方位感比较差，而妻子恰恰方位感强，于是我们商定我当车夫，她当"导盲犬"。导盲的利用手机精确制导，开车的分外用力，只四个多小时的时间，我们便跑完近五百公里的路程，到达芳给我们订好的酒店。放好行李，妻子说，明天是回门宴的时间，芳和刚现在肯定忙得很，我们手笨，帮不上什么忙，就别去添乱了，趁回门宴举办前的空当，我们出去逛逛。

　　酒店不远处就是嘉陵江，沿着江边没走几步，我们在一家小酒馆坐下来。点上一盘小龙虾，一碟绿毛豆，一瓶啤酒，我和妻子面对面啜饮起来。小龙虾是麻辣味的，很新鲜，味道也很不错，老板热情地说："放心吃，小龙虾是刚从江津老家带来的。"妻子边吃边点头说："这是吃过的最好吃的小龙虾。"酒馆的灯光点缀在江边，嘉陵江河床依稀可见，没涨水的嘉陵江显得温柔宁静。江对面是一线不太高的连绵山脉，山之上有座塔放射出七彩的光，半山上每隔几分钟便有一截光束穿过。酒馆老板说，亮塔子的地方是重庆著名的鹅岭公园，而光亮时不时闪过的地方就是大重庆世界闻名的网红点轻轨穿楼。其时已是晚上十一点过了，夜色已深，看不清楚那轻轨是怎么穿楼的，心想这随便走走停停，居然就在网红点不远处，也是心满意足了。

　　第二天一早，我本想就在宾馆里吃早餐，起得早些的我还专门到底楼看了看酒店提供的早点，整整一个大厅，摆满各色餐点。我正准备对妻子说出我的心思，妻子好像

明白我要说什么似的，没等我开口便抢先说了出来："难得来一次，山城解放碑处酸辣粉好吃得很，得去尝尝。"从酒店到解放碑不远，只花十多元打的费用便到了。解放碑是为纪念抗战胜利而修的，塔高27.5米。从老照片看，当时的解放碑是比周围的建筑高一些的，重庆解放以来，经济发展得比较快，周围建起了很多高楼大厦，现代的高楼同素白的解放碑互相衬托，整个区域别有一番韵味。在那条美食街，妻子又发挥了导盲犬的专长，三下两下便穿过蜂拥的人群，找到她心慕的酸辣粉摊。

一处几米见方的粉摊前，排着长长的购买队伍。周围店铺美食林立，叫人目不暇接。山城小汤圆、生煎包、大香肠、牛肉串、怪味胡豆、香辣猪蹄……数不清的美食，看不尽的人头攒动，只恨胃太小，盛不了多少佳肴。我和妻子抱着抢买来的一堆美食，在街上一家店子摆放的桌子边大快朵颐。

返回酒店，已是上午十一时左右，正好可以去参加芳和刚为女儿办的回门宴。兴许是重庆地方习俗吧，芳和刚为女儿办的回门宴没有其他地方的啰唆冗长，干脆利索得很，刚发表了几分钟热情洋溢的感谢辞后，来自各地的亲朋好友便端起酒杯开怀畅饮起来。菜是好菜，酒是浓浓的酱香型酒，正合我口味，你来我往，我干你陪，记不清喝了多少杯，回到宾馆后便倒头大睡了。

一觉醒来，已是下午四点钟，一摸床头，发现妻子不在床上，房间里静静的，按我职业的嗅觉，肯定要出事了——只要屋里没声音，妻子多半是生气了。果不其然，坐在沙发上的妻子见我醒来，随即射来一组炮弹："现在都几点钟了？博物馆都关门了，就知道你靠不住！"

我原本想休息一下就带妻子到外面走走的，毕竟在重庆待过两年，对一些地方还是比妻子熟悉一点的，没想到酒喝得确实有些高了，睡得沉了些。见妻子愠怒的样子，我赶紧说："我们家就数你会玩会耍，你说地方，我负责出人出力出开销。"妻子一愣，说："你今天怎么这么爽快？"我拍拍胸口说："别开玩笑，我可是重庆人哦！"妻子笑了起来："算数，那先到李子坝抗战遗址公园看看。"

李子坝抗战遗址公园是当地花数亿元于 2010 年 6 月建成的，公园沿嘉陵江布局，长达 1.8 公里。园内包含 5 组抗战历史文物建筑，分别是高公馆、李根固旧居、刘湘公馆、国民参议院旧址、交通银行学校旧址，集中展示了重庆抗战时期的政治、经济、文化、军事、外交、金融等方面的历史风貌，是抗战文化的新符号和新阐释。

重庆交通的复杂是出了名的，个人开车的话，一不小心走错道就会相去甚远。看了看手机导航，发现要去的地方离住处并不远，只是不清楚该走哪条道，为避免走错路耽搁了游程，我和妻子决定打的出行。没想到一上出租车，的哥也要问路开导航，可见重庆的交通确实不是一般的复杂了。只十来分钟的时间，我们抬头一看，山边上就是轻轨穿楼处了，我和妻子随即下车看稀奇。轻轨下边江边上的观景台上，挤满了看热闹的游客，"嚓嚓嚓"的拍照声，悄无声息一闪而过没入居民楼的轻轨，着实是一道奇观。重庆是座山城，不像平原城市交通平顺，道路不单驾江过山，还穿楼，这设计师也是绞尽脑汁了。轻轨穿楼下方不远处就是李子坝抗战遗址公园，我和妻子沿着一条

下坡小道走了进去。

　　沿嘉陵江边而上，一条步游道静静伸向林荫之中，三角梅花朵随风飘散，零落在石板路上，没有导游，也没有如织的游人，整个公园像极一位文静的民国女子坐在那里。重庆给我的印象一直是火热的，没想到在这闹市里，还能觅得一处清静。

　　在公园里徜徉，真舍不得离开。一幢幢抗战时期的历史建筑遗世独立，仿佛向来到这里的人们诉说着斑驳的往事。高公馆，东方的灵巧细腻与西方古典建筑的雍容典雅交融在一起，留恋了游子的步伐。幽静的山水间，一代枭雄刘湘的旧居犹如一垂钓的隐者，坐看秋月春风。古树新枝下，巴蜀名将李根固旧居燕窝泥色依旧。穿过高公馆、国民政府军事参议院建筑群，一处隐蔽的石壁上便是当年神秘的交通银行遗址。在一块巨石上，赫然刻着一行宋体红字"做一回重庆人"，石上还有数行小字，已经模糊不清。盯着这一行字，我久久不愿离去。"做一回重庆人"，多好呀！三十年前，我奔重庆而来，学做了两年重庆人，怀揣求生技能而去，如今远徙千里重回巴渝胜地，这一回我是不是可以敞开心扉做一回重庆人呢？

　　离开李子坝抗战遗址公园，我和妻子招手打的到洪崖洞。

　　"你们坐我这个车的话就走远了，你们要到那边打才近。"出租车司机大声提醒我们，这让妻子和我很感动，没想到重庆的哥这么热情、这么好！

　　洪崖洞，是重庆市重点景观工程，被评为"成渝十大文旅新地标"。据当地人说，洪崖洞是重庆历史文化的见

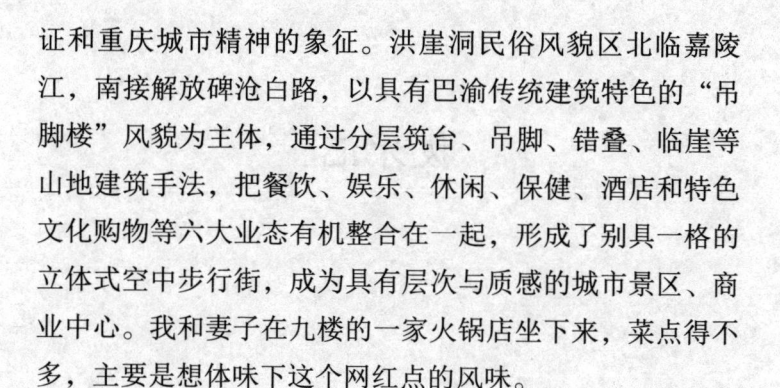

证和重庆城市精神的象征。洪崖洞民俗风貌区北临嘉陵江，南接解放碑沧白路，以具有巴渝传统建筑特色的"吊脚楼"风貌为主体，通过分层筑台、吊脚、错叠、临崖等山地建筑手法，把餐饮、娱乐、休闲、保健、酒店和特色文化购物等六大业态有机整合在一起，形成了别具一格的立体式空中步行街，成为具有层次与质感的城市景区、商业中心。我和妻子在九楼的一家火锅店坐下来，菜点得不多，主要是想体味下这个网红点的风味。

夜幕已经从四野合围过来。千厮门嘉陵江大桥白天里的阳刚剑气此时化为一缕红绸的和柔，嘉陵江两岸鳞次栉比的高楼，争相在夜色里闪亮出锦缎华裳。尽管到处是地道的重庆火锅，却听不到重庆当地人火爆的吆喝。甜言蜜语的，几乎清一色是外来游客。

当本地风土人情成为外来人蜂拥追逐的时尚，本地人主动退让，让出一城方便，自享一角片刻宁静，这也许是重庆人的新风尚吧。

重庆的夜魅是迷幻的，火锅无疑是重庆魅影里的独特精灵，麻辣鲜香的舌尖舞蹈酣畅淋漓，吸引着一拨又一拨来客。来都来了，做一个地道的重庆人可能很难，那就做一回爱吃的重庆人吧！我和妻子点了一份九宫格火锅，打开微信视频，向远在新加坡的轩儿打招呼：嗨，这就是重庆。

2021 年 5 月 27 日夜

拔牙记

前段时间,三番两次牙疼,但究竟是哪颗牙兴风作浪,自己没有辨清,好在没有疼多久,终究没去管它。然而,最近发生的一件事,不得不使我下定决心彻底解决口腔里躲藏的这个隐患了。

上个月的一个周末,轩儿从学校回来。一家人难得聚在一起,自然要做些好吃的,可兴许是吃高兴了,用力过猛,我感觉左下鄂最里边的那颗大牙,也就是那颗尽头牙"咯嘣"了一下,在镜子里仔细一瞧,发现那颗牙齿被自己咬掉了一半。这下麻烦来了,每次吃完东西,那空缺处都会私藏一些残渣余孽,叫人好不懊恼。我给妻子说要去医院解决这个问题,在外地工作回来陪我过周末的妻子担心我在医院里出问题,坚持要陪我去医院。

走进医院,我先到六楼咨询医生,看看可不可以动手术,却被告知,我那颗牙齿是可以拔的,但要拔的话,得在工作日即星期一至星期五的时间才行。对医院这个规定,我百思不得其解,我们这种上班族,只有周末两天来医院方便呀！然而，这是主治医生提供的意见，我不得不给在排号室等我下来排号的妻子说，今天看病的人多，只有改天了。这样对妻子说的原因，主要是不让妻子担心，免得够忙的她专门请假回来照看我。除了这个原因，其实在我看来，拔个牙齿是再简单不过的事情了，何必兴师动众呢？再说了，我是有过一次拔牙经验的。

那是二十多年前的事了，有次我牙疼得厉害，跑到这家医院挂了牙科看医生。在医院门口一幢两层楼的二楼的诊室里，一位头发花白的医生叫我张开嘴巴，看了看后对我说，是尽头牙作怪，发育得不太好，建议我把它拔掉，以免留下长期发炎牙疼的隐患，不过得等牙齿没有炎症不疼了才可以拔掉。遵照老医生的叮嘱，我回家吃了几片消炎药，待牙齿不疼后再去找那位老医生。印象里那位老医生给我打了麻药后，三下两下就把右边口腔里的那颗尽头牙给拔除了，这也就是我觉得拔牙不过是件简单事的原因。

看了一周的工作安排，觉得星期二去医院比较合适，向单位请了半天假以后，我在星期二一大早去了医院。还是先到的六楼，主治医生看了我的牙齿后说，没有炎症，可以动手术，只是需要验血、拍照后才可以动手。拿着医生开的单子，我先到底楼付费室划价、缴费，然后到对面的一楼、二楼验血、拍照。口腔照只几分钟就出来了，只是验血结果出来的时间要晚一些，花了一个多小时。虽说不慢，但觉得挺麻烦的，当年取右边的那颗牙齿哪需要这些东西呀？转念一些，现在社会进步了嘛，再加上病症比以前多且复杂了，现在的医院这样做也是正常的。

医生姓马，拿着我送过去的单子看了下，说马上可以手术，我悬着的心终于掉了下来。打上麻药之后，马医生在我的口腔里一边作业，一边同我聊起来。

"感觉麻不麻？"

"没感觉到麻呢。"

"别担心，可能是麻药的药性还没有发出来。"

"医生，能不能停一下，我觉得有点紧张了，全身开始出汗了。"

"好的。不用紧张。做这种手术，平时大大咧咧的人一点事儿都没有，做事比较认真的人反而会紧张些。你是做什么工作的？"

"纪委工作。"

"难怪呀！"

"你的这颗牙齿牙根埋得深，不是很好拔。坚持下哈。"

"医生，我真的不行了，怎么还拔不出来呀？歇会儿再拔，行吗？"

"好吧，你出的汗都把头发、衣服湿透了。"

"深吸气，再慢慢呼出去！做十几下哈。"

"好了，医生，你继续拔。"

"你的这颗坏牙，确实有点坚强。我得用工具把它切成两半，也许会好拔些。"

听马医生这么一说，我几乎绝望了，满口是血的我实际已经坚持不下去了，现在却还要动用切割工具！但是鬼使神差，我嘴巴里却发出了这样的回音：

"好吧，切开吧！"

"呜呜——呜呜",切割机在我口腔里咆哮起来,钻心的疼,我几乎昏厥。

"切开了,你再坚持坚持下哈!"

废话!都切成两半了,不坚持能行吗?我能让这两半残孽深耕在口腔里伺机作案吗?

"拔,医生,我没事的。"

"看,同照片里的一模一样,成功。"

看着手术器盘里横躺着的两半血淋淋的牙齿,筋疲力尽的我感觉是从地狱回到了人间。

事后,告诉妻儿,手术顺利,只是术中遇到些小麻烦。妻子对我说,好内疚,没能到场照顾我。我说这不是什么事儿,不用家人照顾的。妻子又说:"你怎么没给医院里的医生朋友打个招呼呀?这样的话好一点嘛。"我说:"自己看个病,干吗非要找医生朋友打招呼呢?这不打招呼,不照样把事情给办好了吗?"

嘴上对妻子这么说,其实我还是有些心有余悸,牙患虽除,钻入心头的痛一时半会儿却难以消除,今后得管控好自己身体才行。

2021 年 5 月 16 日

柿子红了
SHIZI HONG LE

离别方识刘老师

　　刘老师是我在重庆读书时的班主任老师，他待人和蔼，教学严谨，桃李满天下。刘老师对我很好，我一直很感激。离开母校三十年了，我却不曾回去看过刘老师，这一直是我感到十分惭愧的事。

　　离母校最近的一次是前年了，系统在西南政法大学搞培训，我原本计划利用空隙去看看刘老师的，也提前给刘老师打了预约电话，谁知学校说要严格培训管理，学习期间原则上一律不得外出会客。我们都是搞执纪的，学校这样一说，我不得不取消原来的计划，只能在电话里向刘老师问安了。

　　学生虽没有去看过老师，老师却来看望学生来了，而且不止一次。

　　刘老师第一次来看学生，是在2003年的一天中午，我当时已到汉源县去看望在那里工作的妻子，接到单位的同事打电话说，有人来单位找我，接过电话一听，才知道是刘老师出差路过雅安。那时从雅安到汉源的高速路还没

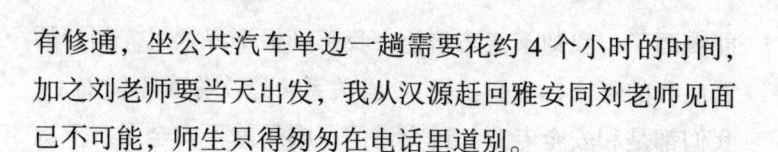

有修通，坐公共汽车单边一趟需要花约 4 个小时的时间，加之刘老师要当天出发，我从汉源赶回雅安同刘老师见面已不可能，师生只得匆匆在电话里道别。

人生不相见，动如参与商。一晃又十多年过去了，2018 年夏天，刘老师携师母一行三人途经雅安去攀枝花，我们终于在离别 28 年后第一次相见。我提前找了一家雅鱼馆，点好菜恭候刘老师，刘老师一下车，便紧紧握住我的手不曾松动，从刘老师温暖有力的握手中，我深深地感受到刘老师对学生的想念与关爱。

菜品照例不能少了雅鱼，刘老师和师母很高兴，连连点头说雅鱼味道不错，真是名不虚传，但那天有点遗憾的是，我没有准备白酒，我没有料到刘老师会主动说起能不能喝点白酒呢！刘老师是重大毕业的，教的是安全技术与管理专业，他教的这个专业在全国同类院校中排名第二，刘老师的专业水平可见一斑。我向刘老师解释说，当天我带班，不能喝酒了，刘老师微笑着点头作罢。现在回想起来，刘老师应该是在考验他的学生讲不讲原则吧。刘老师对学生一向严格，如果当天我突破底线端起酒杯，刘老师兴许会对我这个学生失望呢。

在重庆读书的两年时间里，刘老师为我们四十多号学生操了不少心。如果说开学时英语课上张爱萍老师一首《橄榄树》唱出了我们青春的忧郁的话，刘老师时不时对我们学习以及衣食冷暖的关心则常常驱散我们对未来的迷茫。重庆是座到处洋溢着烟火气的城市，但两年时间里我们却不曾请刘老师吃过一顿饭，哪怕是一次自做的简单火锅，我们自然不知道刘老师还能喝酒。现在知道刘老师

能喝酒了,我却不能陪陪他,我感到很不好意思。刘老师看出我的不安,安慰我说:"没关系,这次你真不能喝了,我们都是和安全专业打过交道的,喝了就不安全了,下次陪老师喝喝怎么样?"我连忙点头称是。

吃饭间,刘老师和师母再三提醒我,这饭不能用公款支付,由他们来支付饭钱。学生难得做一次东,怎么能让老师付钱呢?我对刘老师说,放心,学生从来不会公款私用的,学生生活再困难,这点饭钱还是能支付的。听我这么一说,刘老师和师母才放下心来。他们紧接着给我讲了一个真实的故事,有一年,刘老师和一位学生吃饭,学生自家拿了一瓶茅台酒来喝,当然不是公款了,可饭后却被服务员举报说有人用公款喝高档酒,闹得大家很不愉快。刘老师叮嘱我,一定要把握好界线,别做违反纪律的事。当年,在学校里,我们是没有听说过这方面的纪律要求的,那时候应该也没有这方面的具体纪律规定。离开学校这么多年了,还能听到刘老师的谆谆告诫,我很感动。这又再一次加深了我对刘老师的认识。

以前读书,资讯不发达,现在大不一样了,人和人之间不需要当面见就可以交流很多东西。我和刘老师那次见面后互加了微信,从刘老师发的微信可以看出,刘老师退休后生活仍旧多姿多彩呢!

刘老师和师母经常外出旅游,刘老师还利用自己的专业所长办起了公司。我最惊讶的是,刘老师居然会弹钢琴,他在教我们的时候从来没有说过,从来没有露过会音乐的身手呢!真是高人不露相啊。刘老师一直比较低调,这是学生必须认真学习的。

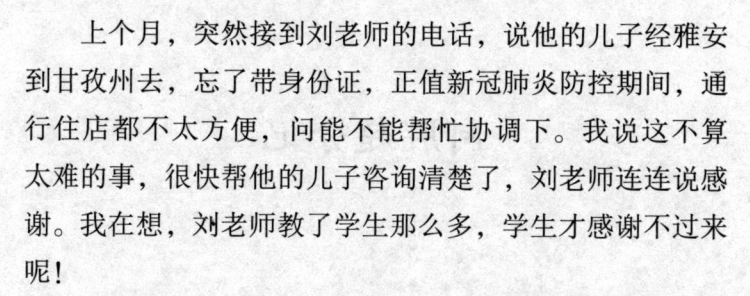

上个月，突然接到刘老师的电话，说他的儿子经雅安到甘孜州去，忘了带身份证，正值新冠肺炎防控期间，通行住店都不太方便，问能不能帮忙协调下。我说这不算太难的事，很快帮他的儿子咨询清楚了，刘老师连连说感谢。我在想，刘老师教了学生那么多，学生才感谢不过来呢！

今又盛夏了，雅安已热起来，不知重庆是否还如当年那样酷热。希望刘老师盛夏安康，也盼望着早日能与刘老师再次相见，喝上一台浓情的师生酒。

2020 年 6 月 13 日下午

阿胖超分记

　　这几天，阿胖心里有点紧。公司"学比赶超"的氛围越来越浓厚，开展"学习强国"学习的力度空前，口头表扬、通报批评、支部突查，阿胖感觉形势逼人。

　　"这个学习平台真是好，我悄悄下载进去学习了。"

　　这句话，是阿胖的朋友锋说的。锋原来在私企上班，现在在一家国企的子公司负责搞生产。公司的老总叫他写一篇关于茶叶的调研文章，锋善国学，接下任务时，认为这正是自己的熟悉的东西，三下五除二就写了一篇文章交了上去。没想到公司老总说，不行，站位不高。锋长期不在体制内上班，他哪里知道什么站位、高度呀！锋接连写了两次，都没过关，锋有些紧张了。国企可不是养懒人、庸人的地方，俗话说，事不过三，这第三次交上去，要是再过不了关，恐怕饭碗也保不住了吧？锋情急之中找到阿胖这个好朋友支着儿。

　　"兄弟，有个地方你进去瞧瞧。那里面，上知天文，下知地理。琴、棋、书、画，中外大事小事，无所不有。

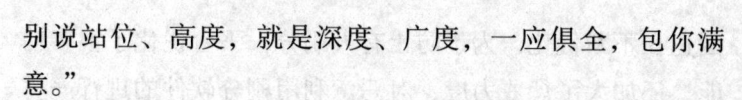

别说站位、高度，就是深度、广度，一应俱全，包你满意。"

阿胖给锋支的招儿就是叫锋进入学习强国平台学习。而这几天阿胖遇到的问题，要解决起来就有些难了。

阿胖是个"80后"，脑袋瓜子灵活，懂经济，交游甚广，年纪轻轻就当上了一家市属国企的副总，假以时日，阿胖的前途不可限量，但眼前这个问题确实困惑了阿胖好一段时间。

别看阿胖年纪轻，心智却很成熟。阿胖在学习强国的学分排位不低，他养成了一个铁的习惯——上班就好生干事，不在上班时间进入学习强国平台学习。这一年多来，他每天都是在凌晨进去，花上30分钟左右的时间完成每天的学习。现在他的学分已达到18000分，在公司遥遥领先。公司学习形势再逼人，只要阿胖每天坚持下去，他学分领先的地位无人可撼。

前面说了，阿胖交游甚广，在朋友面前，他特别讲究面子，但最近有个朋友高，一碰见他就说："胖子呀，你看看，你哪都行，就是这个强国学习不行，我就超你一天的分数，你做梦都别想赶上。"

山外有山，人外有人。奚落阿胖的高确实不是等闲之辈，是个博士，长期在党政机关工作，是公认的党建专家。阿胖顾及高的面子，没有当面回敬。但高当着朋友的面隔三岔五奚落阿胖，让阿胖觉得很憋屈。阿胖看过高的学习积分，确实就多了他41分。别说41分，就是1分，现在也是很难超越的。刚开始的时候，进入学习强国每天通过有效的学习是可以获得很高的积分的，但学习强

国也在不断优化,为了防止有人刷分,平台优化了很多功能,还加大了惩戒力度,对恶意利用刷分软件的进行严厉打击,前些天有个地方就通报了有人用软件刷分被封禁的事。阿胖正能量满满,他可不想走歪门邪道增加积分,但高这家伙屡次嘲笑他,让他难以咽下心中的怒气。阿胖暗忖:不行,得想办法治治高这家伙,彻底封了他的嘴巴。

高这个人,工作、学习、生活程序性都极强,单拿学习来说吧,每天晚上晚饭之后,就是高学习的时间,天天如此,月月如此,年年如此,雷打不动。阿胖左思右想,就是找不到击败高的招数。照现在这个学习积分,每天只能得42分,只要高每天坚持学习,要超高41分,几乎是不可能的,阿胖有些绝望了。

一转眼,又到周末。周末,是阿胖邀约朋友聚会的好时光。阿胖寻思着这周邀约的朋友名单,高是阿胖的挚友,高肯定也在其中。

"嗨,看这脑瓜子!"阿胖突然间灵光一闪,大呼,"有了。"

阿胖找了一个僻静的馆子,点了一桌子好菜。这周的菜价跟往常的开销没有多大差别,只是阿胖多带了两瓶酒,而聚会的要求也比往天多了两条:下班即到,迟到的罚酒三杯。这样一说,谁敢迟到?平日酒量不佳的高早早就到场了。阿胖见人齐了,端起了酒杯:"朋友们,今天高兴,不醉不归。"一干人喝得人仰马翻,高也不例外,几杯酒下去,人就瘫下去了。阿胖酒量不赖,猜拳行令,一晚上都显得异常兴奋。直到深夜12点,阿胖才胖手一挥:"兄弟们,改天再聚。"

高没有开车,阿胖一招手给高打了个车,把高护送到家门口,临别时,阿胖乐哈哈地提醒高说:"大师,醉了也别忘了学习哦。"

　　醉得手脚不听使唤的高,头脑却还清醒,他一字一顿说:"胖——子,你——厉——害,我——忘——学——了。"

2020 年 3 月 10 日晨

测 温

公司严防新冠肺炎，在大门口对进出人员测体温。很久没有测过体温了，新鲜感、紧张感、恐惧感，一应有之。

记得小时候，只要生病，父母会把我们带到公社的医院去看医生，一到医院，医生会拿出一支细长的体温计，叫解开衣服夹在腋窝里放七八分钟后拿出来。时间到了之后，医生会拿起温度计仔细观察。晶莹剔透的温度计里面有一根银线，我们那时不知道那根银线是水银柱，只觉得很新鲜、很好看，但一听医生说"有点烧呢"就会紧张起来。发烧的话往往会打针退烧，那细长的针管会刺进屁股里，痛得孩提的我们眼泪汪汪。所以，一直以来，一听说发烧、温度高之类的话，就条件反射似的很紧张、很恐惧。

公司里一再强调，要服从防疫工作的要求，体温高的先自我隔离，严重的必须到医院发热门诊，不能到公司，确保不添乱，确保他人安全，确保公司平安。所以，每天一到公司门口，就自觉在门卫处测体温，做好登记。

门卫甲，估计是当过兵吧，站得笔挺。每次看见我来了，在测过体温后，会干练地说："你别担心，你刚走过路，风把额头给吹冷了，所以你的温度低些。"一次、两次这样说，我倒安心，可是三次、四次都说体温低，我就有些担心了。再加上门卫乙的多处定位测量，我就愈加紧张了。

门卫乙年岁有些大，但他工作的认真劲让人肃然起敬。记得那天他当值，还有一米多远，他就拿着测温枪朝我扑过来。

"咦，这额头怎么测不出来啊！"

"那测一下脖子。"他一把大手挥将过来，掀开我的衣领，将测温枪刺进去。

"32.3摄氏度，这这这……"

见还是老样子，我只好对他说，先登记下来吧。走进办公室，我忍不住在网上搜索了下，上面说：温度低了也不能轻视，会对大脑、肾脏、免疫系统等产生严重影响。像我这种32摄氏度的，身体里的一些系统可能已经崩溃了。一边上班，一边揣着这块心病，叫人好生难受。我真是怕测体温了。

星期一，我一改往常提前几分钟上班的惯例，提前了二十来分钟来到公司。我这样做只有一个想法，门卫不可能来那么早，我可以免去测体温的烦恼。谁知我刚走进大门，门卫乙就朝我大叫起来。

"书记，来来来！"

"莫测了嘛，反正都低。"

"不不不,这次莫问题!"

"36摄氏度!正常着呢!"

"这次咋正常了?"

"往天是测温枪的问题嘛!"

听了门卫乙的话,我像一个泄了气的皮球一下瘪了下去。

2020年2月24日

有儿无女

我曾经梦想过当父亲的若干种情形。比如说，到吃饭的时候，儿女恭恭敬敬地站在旁边，待我训完话后，再规规矩矩进餐。再比如说，我回家后，儿女会扑向我的怀抱，欢快地叫喊："爸爸！爸爸！"又比如说，儿女会缠着我，叫我讲这讲那。然而，截至目前，这些情形都没有在我的父亲生涯中出现，我想我该反思。

第一种情形，受到妻子的严厉批评："都什么时代了，你还有那么严重的封建父权思想残余，必须抛弃。"妻子是家里的最高领导，我不得不立马进行反思整改，及时清除自己思想深处的残渣余孽，所以这第一种情形压根就没有出现。

第二、第三种情形也没有出现。我分析，原因之一，是我没有尽到父亲的教育责任，没有做好言传身教工作，没有引导好儿子，致使儿子过多遗传了他母亲的理性特质，不会在爸爸面前耍嗔。原因之二，我认为是最重要的，那就是自己没有女儿。

有女好啊！儿行千里母担忧，而女儿是父母的贴身小棉袄。我那儿子，在读大一时，我就引导他今后就在国内读研。我的目的是，把儿子留在身边，至少留在国内，我们想见儿子时不至于那么困难。遗憾的是，儿子没有中计，执意想到国外去读研，说什么他学的专业需要到国外去看看。劝说无效，加之儿子已跑到国外，鞭长莫及，只好默认这个现实。而最近，这沉默却变成担忧了。枪击案频发，贸易纷争加剧，我儿待在那里，如何是好？！有儿愁煞我心，还是有女儿好啊。这使我愈加羡慕朋友左了。

今年四月份，我到了同学所在的深圳，同学远差没回来，委托左老师等好友热情接待了我们。觥筹交错中，我见识了左老师的人格魅力，有两个萍水相逢的乖娃娃当场要认左老师当干妈，左老师乐得不敢相信是真的——凭空收了一对儿女，天下哪有这等好事？我在旁边看得直嫉妒，我怎么没有这等好事呢？只怪自己缘分未到。

所以，不管工作任务如何繁重，我都时时告诫自己：态度好一点，和你一起工作的，好多都是"80后""90后"呢，你要像对待儿女一样，好好地对待他们。

凉凉的秋开始了，是看书的好天气。最近翻看家中旧书，翻到杜甫先生的《赠卫八处士》。如果说"昔别君未婚，儿女忽成行"给人以岁月流逝的感慨的话，那么不管有儿无女，还是有女无儿，我们都该珍惜当下，都应该拥有一份儿女情长，并用心去呵护这份情带给我们的一生温润。

2019 年 8 月 30 日

那年中秋

早上起来跑步,感觉有些凉,而操场边的桂花树已露出几点花苞,我知道,这座小城就要迎来桂香满城的中秋节了。

说起中秋,我总想起那年那个中秋节。那年中秋,不能回家团圆的我们几个兄弟围坐在一起喝酒。

现在的中秋节,国家是要放假的。而那时的中秋,还没有放假的规定,像我们这种离家远的,如果不是适逢周末,是很难回家过上中秋节的。

那是20世纪90年代的一个中秋节,大概是在星期三吧。一大早,碰见邓哥开门,邓哥兴奋地说:"今天是中秋节,晚上几兄弟聚聚。"邓哥和我同在一个机关工作,只是不在一个委办。邓哥和我一样,那时还是单身汉,都住在办公楼里,而邓哥住在底楼离大门最近的那间十多平方米的房子里,单位上可能考虑到这个原因,叫他负责大门的安全,每天一早一晚定时开关机关大门。

想到晚上就要喝酒吃肉,我一整天都显得很期待。可

能是过惯了单身生活的原因，没有做饭菜的经验，一整天我竟然没想到该过去帮帮邓哥，下午一下班空着双手就去吃霸王餐了。

夜幕降临，院坝里静悄悄的，邓哥的房间里肉香四溢。熊哥、倪哥、齐哥、阿昌已经到齐，邓哥指着高压锅说，那里面是个大菜——藕炖猪膀，其他的菜已经准备好了。油淋花生米、卤猪耳朵、凉拌三丝，已经摆放在茶几上，烧酒备好三瓶，就等藕炖猪膀上桌了。

高压锅气嘴"嗞嗞嗞"喷着热气，肉香藕香弥漫了整个房间。邓哥看看手表，一边说火候已到，一边将高压锅从蜂窝煤炉上端下来。

"砰"，一声闷响，一团热浪冲向房间的整个天花板。我们几个吓了一跳。原来是邓哥没有等高压锅减压，直接拧开了高压锅盖，巨大的压力瞬间释放出来，如同爆炸一样，锅里炖熟的猪膀、藕块裹着热气喷了出来，冲到天花板上。万幸的是，高压锅盖没有打中邓哥，否则后果不堪设想！

高压锅在那时还是厨房稀罕之物，七八十元钱一个，我们当时的月工资也就百元左右，作为单身汉要配置一个不常使用的高压锅是要积攒好几个月的钱才能办到的。后来才知道邓哥是从单位一个同事手中借用的高压锅，用时没有仔细按操作规程做，差点酿成惨祸。

大难不死，必有后福。惊魂稍定，我们几兄弟端起了酒杯。

"兄弟好呀，好得不得了呀！"

"三桃园呀，四季财啊。"

边喝酒，边猜拳行令。平时温文尔雅的邓哥，三杯酒下肚后，竟变得无比豪放。中文系毕业的齐哥，兴许是酒后诉衷肠，大声唱起了童安格的《其实你不懂我的心》：

> 你说我像云捉摸不定
> 其实你不懂我的心
> 你说我像梦忽远又忽近
> 其实你不懂我的心
>
> 你说我像谜总是看不清
> 其实我用不在乎掩藏真心
> 怕自己不能负担对你的深情
> 所以不敢靠你太近
> ……
> 怕自己不能负担对你的深情
> 所以不敢靠你太近
> 你说要远行暗地里伤心
> 不让你看到哭泣的眼睛

邓哥操起吉他伴奏，微醉的齐哥，用他那磁性的声音，唱出了原唱深沉的悲伤。其时，大家正是情窦初开的年龄，都还未谈到女朋友，听着听着，不免产生了深深的共鸣，情不自禁跟着唱起来、吼起来，感觉一栋大楼好像被大家的歌声震得摇摇欲坠。

唱够了，喝够了，阿昌建议打扑克牌。好像是打带点小彩头的百分吧，我是第一次打。快到十二点了，月色笼

罩下来，照得院坝一片清明。记分纸上的我已经是"债台高筑"了，一边打，我一边嘀咕：兄弟们这是真打呀，我可从来没赌过，今晚可真是栽了。不行，得想个办法脱身才行。

"唉，我这内急，肚子疼得不行，我得离开一下。"

事实上，我离开之后，就没有返回去。这是我人生第一次带彩头打牌，也是第一次乘着月色出逃。我至今没有问过阿昌他们有没有因为我砸场子很气愤，我当时确实没有想到兄弟们的感受，因为那是赌呀，我首先想到的是得先让自己金盆洗手。

那个中秋节已经过去二十多年了，现在回想起来还历历在目。我想，即便是今后，我也不会忘记吧。

2019 年 8 月 31 日

苹果分香予楼台

水果当中，我一直比较喜欢苹果。

小时候，常听大人们说起苹果——哪里的苹果又大又圆，哪里的苹果又甜又脆，边听边咽着口水，恨不得马上就看到吃到苹果。有一年到十几里路远的百丈镇去赶场，走到一个叫鹤林场的地方时，看见一块呈伞状的树林。姐姐说，那就是大人们说的苹果树。呵，绿绿的一大片，亭亭玉立，嫩绿的叶子在风中沙沙作响，只是季节尚早，没有挂果，叫人好不遗憾。

经常看到苹果、吃上苹果，是在参加工作之后。一到秋天，菜市上总有各式各样的苹果摆出来，叫人眼花缭乱。但对苹果产生较深印象的，还是那次邻居的一次热情相送。那年，我刚参加工作不久，院坝里的王姐招呼正在闲走的我到她家一趟，送了我一袋小金苹果。回到房间，把苹果放在桌子上，金黄的苹果在夕晖里相依而眠，浓浓的香味浸满屋子，令人陶醉。

吃归吃，却不曾亲手栽种过苹果树，也不常看到苹果

树开花结果的过程。2004年秋,我家搬家后,没想到可以天天见到苹果树了。

我家住七楼,也就是顶楼,屋顶要不是种了几株花草,几乎可说是荒芜一片了。有个朋友,估计是从我家对面人家屋顶看见过我家屋顶吧,说我家可以开垦开垦,把屋顶美化出来。把屋顶美化出来的想法,我不是没有。但因为闲暇时间不多,只在楼顶种了点月季、玫瑰。那两盆月季、玫瑰成了楼顶一大片空白的零星点缀。

经常上楼顶,除了照看月季、玫瑰,其实我还有个心思,就是看邻居家栽植的那棵苹果树长高、长大,开花结果。南宋杨万里先生《闲居初夏午睡起·其一》云:"梅子留酸软齿牙,芭蕉分绿与窗纱。日长睡起无情思,闲看儿童捉柳花。"从春到秋,那棵苹果树不单给我"分绿予楼台"的感觉,更有"分香予楼台"的味道。

栽种苹果是不太容易的。邻居高大哥不知从哪里弄来的苹果树,竟在楼顶生长开来。植物是向光的,那棵苹果树也不例外。我家楼顶和高大哥家楼顶只一墙之隔,因为我家楼顶没有植物遮挡,阳光比较充足,高大哥家那棵苹果树便从密实的草木丛中向我家楼顶这边伸出长长的枝丫来。春天的时候,经过一个冬天寒冷考验的枝丫会发出嫩绿的叶子,继而开出雪白的苹果花。虬枝挺立,绿叶很少,白花却多,几点绿衬一片白,微风徐来,白花翕动,构成一幅清雅、生动的苹果花图。

经过夏天的阳光与风雨,到了秋天,就是苹果成熟的时候。邻居家估计是不常到楼顶的吧,满树的苹果一个接一个熟透,一个一个从枝丫上掉下来,却不见邻居家采摘

一下。我呢，隔墙看景，乐得嗅着它们甜甜的果香，乐得看见它们像调皮的儿童从树上蹦跳到我家楼顶上。它们最终好像是累坏了，躺在楼顶屋面上一动不动。我知道它们已经完成自己的生命历程，我也知道它们还有一个好去处——我把它们一个个捡起来，放到月季、玫瑰盆里，对月季、玫瑰来说，它们当是上佳的肥料吧。

　　到了冬天，苹果树卸下所有的叶子，只留下几枝硬朗的虬枝，静静地立在楼顶、伸向天空，我知道它们是在收缩阵地、养精蓄锐，准备来年的新绿与收成了。所以，即便是冬天，我丝毫也不觉得冷——满心是希望，怎么会生冷呢？

　　分享是一种快乐。我会隔三岔五走上楼顶看望那棵苹果树，期待它再一次分绿、分香给我家楼台。

2019 年 8 月 22 日

柿子
SHIZI
红 HONG LE
了

甲居藏寨行记

　　丹巴，有三绝。一绝，藏寨。二绝，碉楼。三绝，美人。这三绝到底绝色如何，也只是听人云云，没有亲眼见过。单拿甲居藏寨来说吧，据说居中国最美六大乡村古镇之首呢。对寨子我是历来就喜欢的，何况还是甲居藏寨，总想着找机会去看看。

　　有些地方就是这样，说起来、听起来很不赖，可真要去一睹真容却不太容易。

　　这次单位提倡休假，我妻子几年来第一次请到假，我请了一周的假陪她出去走走。我们自驾车出行，甲居藏寨在我们的行程之中。我们从四姑娘山双桥沟出发，沿中国熊猫大道前行，穿越小金县城，向丹巴直奔而去。原本计算花两小时左右的时间，结果途中遇到修路、堵车，足足用了五个小时才到达丹巴县城，其时已是下午六时左右。妻子说，先到甲居藏寨看看再回县城休息。从县城到甲居藏寨门口很快，我们的运气比较好，遇到在景区当导游的一位藏族姑娘，在她的热情介绍、引领下，我们打消回丹巴县城住宿的念头，决定去藏寨一住。

　　导游说，她家方便，就住她家吧。我们见她热情，点头应允。她说要给我们导路，妻子热情地为她打开车门。兴许是长时间开车疲劳过度，我停车时忘了拉手刹，只顾招呼导游上车，松下了脚刹，车子直向坡下后退，吓得周围游客一阵惊呼。好在反应不算慢，我及时踩下脚刹将车停下来。妻子吓得脸色惨白："好危险呀，你人车差点就掉到悬崖里去了。"导游赞扬我妻子："你妻子对你好好呀，一手拉住车门，想把车拉住呢！"这是上寨子前的一段小插曲，我表面上没说什么，心里却怦怦跳个不停，差点应了《流浪地球》那句"行车不规范，亲人两行泪"了。

　　盘山而上，路很好，却感觉很险。路是两车道，沿山崖而建，崖底是大金河。觉得这路就挂在山崖边，悬在大金河上。我不常开车，在这种情势下，自是有些害怕，但却不好意思说出来——车上有两个女人家，一个大男人怎么好意思说害怕呢？走，硬着头皮往前走。

　　导游健谈，她向我们讲起甲居藏寨的前世今生。寨子有五百多年的历史，"甲居"在藏语里是百户人家的意思。甲居藏寨人家的房子原始古朴，基本是石木结构。建筑风格独树一帜，成为四川藏民居的一个流派。同其他藏民居不同的是外墙颜色独特，木质构架和屋檐部分涂红色，石墙涂白色和黄泥色，屋檐下涂黑色，协调雅致，整个建筑物外形犹如虔诚的佛教徒盘腿正襟危坐诵经。

　　经过一处碉楼时，导游特别给我们介绍说，那是当年巴旺土司头人的一座要隘碉，1935年红军长征时，红五

军团政治部曾设在那里。今天我们看到的这座高碉是在残留的遗址上恢复重建的,是一座石砌十五层碉楼为主的四合院建筑,里面展示的是特色藏汉结合的厨房、嘉绒农具、红军战士临时休息室。

　　一路之上,弯弯拐拐虽多,好在有导游的及时提醒,八公里左右的路程很快就走完了。导游家的寨楼像一颗闪亮的珍珠镶嵌在山坡上,房前种着一片密实的玉米,几棵核桃树立在房子侧面的道路边,挂着青涩而又饱满的核桃。在导游家的停车场,已有三辆游客的私家车停放。导游把我们带到住的房间,便忙着去张罗大家的晚饭去了。约莫一个小时后,主人家便做好晚饭招呼大家吃。二十来个游客分三桌围在两张圆木桌、长方形条桌边吃起了晚餐。青椒腊肉、腊香肠、牦牛肉炖萝卜、炒白菜、南瓜汤、炒土豆丝、凉拌茄子、番茄炒蛋,外加大米饭、烤玉米馍馍,样样喷香可口。主人一边给大家加菜,一边说放心吃,每样菜都是生态菜。我们的目标不单在于吃土色土香的饭菜,还在于领略寨子美丽的风光。只二十来分钟的时间,我和妻子便吃完饭,起身走出藏家欣赏寨子的风景去了。

　　气温很舒服,二十来度的样子,行走起来丝毫不用担心汗湿衣衫。山脚下的大金河像一条玉带向丹巴县城方向轻轻飘去,河对岸的山峰棱角分明,在夕阳的余晖里显得更加挺拔、刚毅。卡帕玛山峰静默无语,像一位慈祥的母亲张开手臂将整个寨子抱入怀中。在相对高差近千米的山坡上,一幢幢藏式楼房静卧绿树丛中。炊烟袅袅,烟云飘绕,山峰、山谷、流水、碉楼、寨房手足相依,组成一幅童话般的画卷。在这幅画卷里,我和妻子迷了路,原本想走大路返回导游家,发现走到了另一个方向,只好折回来沿散步上坡时的林间小路返回去。

  寨子的夜是宁静的。卧室的布置简单、干净、实用。我们在童话的世界里香甜入眠。

2019 年 8 月 18 日

点赞是一种修行

最近,自己下班之后,不管天气如何,每天都要坚持做一件事,那就是快走一到两个小时。

为什么要快走,是有件事刺激到我了。前段时间,一位从深圳回来的老同学说:"这次相见,感觉你没有上次看到那么胖了。"我相信,老同学说的话发自真心,还出于表扬。我也觉得,很长时间自己是不瘦了!

实事求是地说,从20世纪90年代参加工作后,很长一段时间自己是不胖的,体重保持在一百一十七斤的时间有十多年。但从"5·12"汶川特大地震极重灾区都江堰市回来之后,没有几年时间,体重就直线上升了。为什么会这样?是在灾区工作看多了生离死别,觉得人活着的时候该多吃吃喝喝?还是为人夫、为人父,生活圆满了?这些因素可能都有,但仔细想起来,这些都不是我胖的"主要功臣"。

说到胖,其实,我母亲是喜欢我长得胖一些的。她说,一个人心宽了才会体胖,你胖一点,不单说明你吃得

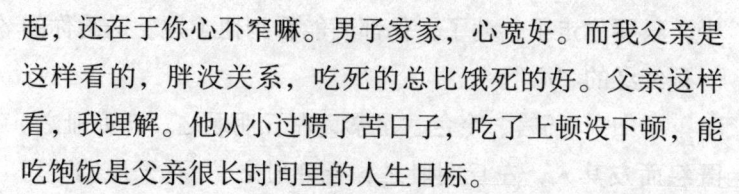

起，还在于你心不窄嘛。男子家家，心宽好。而我父亲是这样看的，胖没关系，吃死的总比饿死的好。父亲这样看，我理解。他从小过惯了苦日子，吃了上顿没下顿，能吃饱饭是父亲很长时间里的人生目标。

现在已不是父母亲当年过的困难时代，生活水平不知提高了多少！生活宽裕了，这人自然就有更高的追求。体形太胖了，实在不是一件很方便的事。我有个朋友，对胖就很苦恼，不管怎么吃，怎么做，他都胖得不行。归因于遗传的因素吧，他全家都是胖人。他儿子在学校上体育课时，常常因为太胖，完不成老师教的规定动作，成了班上同学的笑料。他呢，每年要定时到医院找医生把肚里的肥膘割掉，他碰着我就对我说："小魏呀，我是前车之鉴啊，你可不要把自己整太胖了。"

不知在哪里看到过这么一句话：你的身材就是你的修养，保持良好的身材是良好修养的体现。这话细细掂量起来，确实不无道理。常和朋友醉酒当歌，来食不拒，如何不肥？下班即躺在沙发上，半睡半醒，如何不臃？心负巨石，行不累步，如何不重？诤言逆耳，我得感谢老同学表扬、提醒参半的话了。于是，我决定要改变现状，先做一件事，那就是快步走。

快步走多好呀！绿水青山尽收眼底。青山如黛，绿水似绸。华灯彩照里，雨城多滋润。我发现每天快走之后，还可以打开手机盘点行走之乐。手机里有款功能，叫微信运动，里面有个步行排行榜，远远近近的朋友走了多少，你都可以看到，谁占领了封面，你即刻知晓。不常见面的朋友们，在这里互相鼓舞着。不管远在天涯，不管走了多

少，只要你走了、动了，你都可能看到他（她）送给你的一颗红红的"心"。

子曰："巧言、令色、足恭，左丘明耻之，丘亦耻之。匿怨而友其人，左丘明耻之，丘亦耻之。"孔子反感"巧言令色"的做法，提倡做人正直、坦率、诚实，不要口是心非、表里不一。朋友之间，没有功利之争，相互之间的点赞自当不属于"巧言令色"的情形，在我看来是该属于皮格马利翁的期待效应了，给人以热情、希望，石雕也会变真人。

世事多艰，命运多舛。前行的他（她）也许并不缺少一个赞。但无论风雨，不管他（她）在与不在、知不知晓，伸出你的手，为他（她）点上一个赞，对你来说，其实是一种修行。

2018 年 5 月

雨城缝衣女

十月的雨城，透出丝丝凉意。裤脚掉线了，得扎下。针线活儿，我是不会了，家人又不在身边，我只好上街找裁缝去。走了好几条街，才在七中学校旁边那条小街上找到一家缝纫店。

那店子招牌挂的是洗衣店，估计是主人家还来不及换招牌就开始营业了。店面十多平方米，两边摆的是货柜，里面放着些烟、矿泉水之类的东西，靠里边立着一张床，半拉着一截花布帘子。靠缝纫机的墙边，摆着一张裁衣用的案板，案板下面，放着一个大箩筐。

"进来吧。"一位三十来岁的女子坐在缝纫机边热情地招呼我。

拆裤边、穿线、缝合，她的手指是那样灵巧，神情是那样专注。趁她缝补的空当，我同她聊起来。她说她上面还有公公和婆婆，不过身体都不太好，晚上还要赶回去照看他们。她谈到在姚桥镇的一家卖电器的铺子里打工的爱人时，眉毛飞扬起来，充满期待地说，她爱人现在一个月能

柿子红了 SHIZI HONG LE

挣一千多块了，听老板说很快就要给他涨到两千块了。

说话间，一个十来岁的小男孩挎着书包跑了进来。

"妈妈，你还没吃午饭呢，我给你买了个包子。"

"真乖，歇会儿做作业哈。"

她的儿子在读小学五年级。她租这间铺子，除想挣些钱贴补家里外，也是为照顾孩子方便。我问她，铺子租金有多少。她说一个月五百来块。我暗自为她担心：靠缝缝补补和卖些小零碎儿，这日子咋过得起啊。

"你看，我这是立体经营呢。再苦再累再难都会过去的。"她好像看穿了我的心事，"刚开始的时候，才叫苦呢，孩子很小，既要做活儿，又要照看好孩子。没有办法，我找了个箩筐，把孩子放进去就省事多了。筐筐边高，娃娃在里面睡觉是不会掉出来的，可以放心干活。这样过了好几个年头，还不都走过来了！"说话间，她有些不好意思，脸有些红。

半袋烟的工夫，她就把裤边补好了。

"很耐用的，不行的话，来找我就是。"

"多少钱？"

"两元。"

"不用补了。"

我递过去十元钱。她执意要补我。她站起来朝床边走去找零，她的一只脚是瘸的，走起来有些跛。

2012年10月2日

156

走向龙池

离开都江堰龙池已八年了,但八年前走向龙池的一幕幕仿佛就在眼前。

2010年8月13日、18日,曾在"5·12"汶川特大地震中遭受惨烈损失的都江堰市龙池镇再遭天灾,被山洪泥石流重创。听当地的同行说,仅8月13日,龙池镇受灾人数就有4000多人,全镇倒塌房屋250多间,受损房屋470多间,直接经济损失5亿多元。我们曾经到过的那户人家是否脱险?天下奇观龙池湖是否安在?带着这些问号,我们取道紫坪铺水电站大坝下的公路走向传说中的大禹出生地、川西文化发祥地——龙池镇。

车行不足半小时,我们即到达龙池集镇栗坪大桥,前方不远处的南岳大桥已毁于泥石流,不能通车,我们走过由四根钢架临时铺的便桥后,沿着龙溪河边抢通的便道继续步行而上。一路所见,心情除了震撼,还是震撼。

昔日一派喜气的农家休闲风光已经荡然无存,灾情远比我们想象的要严重得多。今年年初的时候,我们还到过龙溪河边的南岳村一趟。一幢幢别墅式的农房掩映在青山绿水边,徜徉其间,觉得是进入了人间天堂。而现在,呈现在我们面前的,只是沧桑!往日青丽的龙溪河上段河床被泥石流抬高了近10米,数不清的巨石乱七八糟横躺在河道中,一幢幢农家别墅房前屋内塞满洪水冲走后留下的杂物,石砾中不时露出私家车的残肢断骸。山脚边,一些被洪水冲刷得只剩下一点根须的树在风里飘摇。

  一路之上,倒着四分五裂的电线杆。河两边是海拔一两千米的高山,此刻它们一改往日的幽翠,露出狰狞的面目。几乎山山都有沟,沟沟都冲出泥石流!我们走到地震奇观"新加坡"时,再一次感受到大自然的魔力。在2008年"5·12"汶川特大地震发生时,一座大土包从对面大山上飞越山脚的龙溪河直挺挺地落在河对岸,形成一个大山坡,当地人称它为南岳"新加坡",并在上面立了一座牌,记述了当时震天动地的情形。这次泥石流却将新加坡冲去了一半,在它被河水冲刷的底部,两年前被地震掩埋的房子的预制块露了出来。真是想象不到,泥石流灾难又将地震的惨烈重现在人们的面前,让人心悸不已。

  我们曾休憩过的那家农家乐在哪里?龙池湖还有多远?面对破碎的山水,我们已辨不清方向。我们只依稀记得,那家农家乐的主人站在木质挑廊上,面对青山绿水,愉快地接受我们和成都一家电视台的访谈时的情景。他说没料到会有那么多的人来看雪景,来住农家,如果持续下去,只需冬天看雪和夏天避暑的收入,他们几家人要不了多久就能收回贷款投的五六十万元。而我们曾经去过的龙池湖,是一个高山湖泊,是一亿年前四川古内海的遗存

物——成都海子的缩影。她形如偃月,四面峰峦滴翠。湖水清澈如镜,山上奇花异树繁多。湖光山色,交相辉映,有诗云:"天上瑶池坠人间,南国天堂在龙池。"

走了两个多小时,同行的老陶太胖,走不动了,坐下来休息。小郭因为一向不喜欢走路,也在半途停了下来。我们五个人的队伍,只剩下老邓、老徐和我继续往前走。我们一直走到都江堰市交通抢险指挥部的最前沿,不期遇见该市交通局高局长。

高局长四十多岁的样子,高大壮实的他穿着一身迷彩服,晒得黑黑的。我们对他靠前指挥抢通工作的领导风范表示赞叹,他摇摇头说:"没有什么,自地震以来,冲在前面已成常态。再说,保证路畅,是交通人义不容辞的职责,只要有一线希望,我们就绝不放弃。"他还向我们介绍起那天参加抗洪抢险时的感受。他说,经过汶川大地震的考验,现在的应急救援快多了。经过两天两夜的紧急救援,受困的近4000名群众被救出,具备条件的区域已恢复供电、供水和通信,主要救援通道全部打通。我们向他打听前面的路,他热情而又凝重地告诉我们,那家农家乐还在前面,但到龙池湖就有些远了,路可能暂时走不通,正在抓紧抢通。仔细一看,前面确实是乱石当道,无法走过去了,我们只好返回,带着惆怅与希冀。

在回来的路上,我们碰到一个小女孩跟在几个大人的后面往前走,他们是一家子,他们割舍不下被泥石流冲埋的家,想去看看。小女孩紧闭着嘴唇,脸上透着与她年龄不太相称的执着。他们一行默默地朝前走着,他们坚定的身影一点点消失在满是伤疤的山沟里。

一路上，我们看见，一队队人民子弟兵正挥舞着铁锹在帮助农家清理淤泥。山谷的风透着飕飕寒意，他们忙碌的身影传递给我们的是无穷的温暖与力量，他们的身边，一辆辆挖掘机朝山沟里风驰而去。

2018 年 11 月 20 日

北京的星星

北京,是我从小就向往的地方。

知道北京,是小时候从父亲那里听说的。父亲说,北京就是我国的首都,就是国家领导住的地方。后来读小学了,唱起、跳起老师教的歌曲《我爱北京天安门》,心中对北京的向往就更浓郁了。

我老家离北京是很远的。1900多公里的距离,不要说是过去,就是条件好很多的现在,要去趟北京也是不太容易的。参加工作三十年,我也只去过四次,而且前三次都只是在首都机场停留了一下,只能算是与北京擦肩而过。只有这一次,终于在北京住下来,而且是住了一周。还没到北京之前,自己就在盘算,该怎么利用空闲时间好好看看向往已久的北京。

郁达夫先生有一篇写北京的文章叫《故都的秋》。我对文中的牵牛花印象非常深刻:"从槐树叶底,朝东细数着一丝一丝漏下来的日光,或在破壁腰中,静对着像喇叭似的牵牛花(朝荣)的蓝朵,自然而然地也能够感觉到十

柿子
红了

SHIZI
HONG LE

分的秋意。说到了牵牛花，我以为以蓝色或白色者为佳，紫黑色次之，淡红色最下。最好，还要在牵牛花底，叫长着几根疏疏落落的尖细且长的秋草，使作陪衬。"这次在我住的宾馆旁边小区的篱笆上，也看到了牵牛花。依偎着花藤默默地开着。只是，既不是蓝色，也不是白色，而是粉红、紫色两种色调。看到花的瞬间，一下让我将文章里的北京与眼前的北京联系在了一起，感觉见到的正是郁先生笔下的北京。

北京有三千年的历史，是六朝古都，她的历史和文化是宏大而深邃的。芦花、柳影、虫唱、夜月……郁达夫先生勾勒的是 20 世纪 30 年代的故都秋景，而今天的北京是何等容颜，我希望自己亲自去感受一番。

住的地方叫明光村，位于海淀区西土城路，周围的房子大多不高，是多层的建筑，五六层高的样子，很协调的红白相间的颜色。一天晚上散步时，碰见小区里的一位阿姨，聊起北京的房价来。北京的房价是比较高的，中心城区的房价不说，就拿这里的房价来看，也让人咂舌，八九万元一平方米，一套一百平方米的房子就接近一千万元了。租房的话，一套五六十平方米的房子，月租五六千元。一起参加培训的同行说，娃儿刚在北京工作，近来天天发愁，不知道该怎么解决住房的问题。中国的父母就是这样，不管孩子是否独立，都想着法子给儿女购房置物。但要在北京安上一个家，对靠工薪收入的家庭来说，无疑是天方夜谭了。对北漂者来说，如果居无定所漂泊不定，行走在街巷之间形如天地一沙鸥，叫人如何不迷茫、孤寂？

对外地人来说，不到天安门就相当于没来过北京。从住处到天安门其实不远，地铁也很方便。从宾馆出来，走上十多分钟，到西直门赶地铁二号线，再转一号线就可以到天安门了。

到天安门去，我其实是想了一个愿：亲眼看看升国旗。这个愿望也是因为父亲而起。他有次同我聊起村子里的一户人家，坐飞机去北京天安门看升国旗了，他眼睛里闪着向往的亮光。可惜因种种原因，他没能实现这个愿望。想起这件事，我心里总觉得空落落的，总觉得很自责和遗憾。

在今年4月的时候，我曾到重庆白公馆去过一趟，看到一个感人至深的故事：当年，被关押在重庆歌乐山白公馆监狱的中共地下党员们，从秘密收藏的广播中得知1949年10月1日毛泽东在北京宣布中华人民共和国成立，并亲手升起五星红旗的消息，他们激动地欢呼，他们用耳语相传消息，他们激动地拥抱，他们决定要绣一面五星红旗，准备伺机打着红旗冲出牢笼。他们找到一块红绸被面，用一把铁片磨成的"小刻刀"将黄色的草纸刻成五颗五角星，用剩饭粒把星星粘到了红绸被面上，做出了一面五星红旗。可是在重庆即将解放的前夕，他们中的绝大多数人却惨遭杀害，一首歌曲《绣红旗》因为他们，也因为饱含深情和信念，而从此传唱下来。

9月19日晚，向班主任报告第二天一早去看升旗的事，得到批准。20日凌晨2时30分起床，我只穿了一件短袖衫衣便朝天安门方向赶去。其实，我原来考虑过好几个去天安门看升国旗的方案。打的、坐公交车、乘地铁我

都想过，就是没有想过步行去。听宾馆里的服务员讲，要想看到升旗得起得早点才行。在几个方案中，我原本是准备坐地铁去的，可凌晨地铁没开，退而求其次打算打的去，但晚上九点过与出租车公司联系时，对方说我说迟了。到天安门不就八九公里吗？走路去未尝不可呀！

北京的秋高气爽出乎我的意料。出差前，培训组织方老师再三提醒，北京早晚有些凉，得多准备些衣物。到了北京后，觉得凉爽得正好。9月中旬到10月份这段时间，据说是北京天气最好的时候。

走10多分钟，我就到了西直门，从西直门沿西二环一直走到武定侯街，再沿灵境胡同就走到府右街。凌晨的府右街，幽静得很。我当时一个人匆匆走过，并不知道红墙那一边就是中南海，街两边长着高大的槐树，后来才知道那就是国槐。一街国槐，一街丰茂，盛世风景！

4时10分许，我到达西长安街口，已是走得浑身发热，想到就要看到向往已久的天安门，心里变得更加激动，不觉间步伐又加快了几分。正要走上西长安街时，有工作人员拦住我，说在交通管制，提示走剧院那个方向。

真是好事多磨，强耐住急切的心情，按指示的方向快速走去。4时30分，我终于到达天安门广场。来看升国旗的人很多，大家依次排队过安检。5时5分左右，安检开始，不过十分钟时间，但感觉时间过得好漫长，觉得等了一个世纪那么久。通过安检的人全是跑着去抢占自己觉得最有利的位置。有许多比我还早到的人，我只能站在一大群人背后望着升国旗。虽然离升国旗还隔着一段长长的距离，但内心的感觉是从来没有离得这么近过。

164

我身边有位老人坐在轮椅里，有个小伙子推着他。

"爷爷，人好多，我们来迟了！"

"小声点，不要惊动了前面的人。"

"爷爷，前面走不动了！"

"就这样就这样，别推了。"

"这咋中呢？好不容易来一次，你看不到呀！"

"中中中，听听也中，我已很满足啦！"

6点，升旗仪式正式开始。在雄壮的国歌响起第一个音符时，身子自然而然一紧，本已站得有些累了，一下就立得端端正正的。广场上聚集着成千上万的人，却没有发出半点声音，更没有一人走动，全都面向国旗等待着这庄严的时刻。越过前面密密麻麻的人头，我终于看到冉冉升起的国旗，突然眼发热，泪水涌起来。

当国旗定格在高高的旗杆顶端，飘扬在晨风之中时，我仍久久地凝视着，身子仍保持着立正的姿势。在记忆里，从小经历的升旗仪式太多了，但从来没有哪次像这次这样让我内心震撼。

我不得不离开天安门赶回去上课了。在前门地铁口，我忍不住又一次回头，看见在旭日照耀下，整个天安门广场显得异常明亮，风中飘扬的国旗红得更加耀眼。

2018年9月21日

捉鼠记

　　家住七楼的我，说什么也没料到屋里会进来老鼠。

　　九年前，单位分房时，论工龄论级别，不说选金三、银四，我至少是可以选二楼、六楼的。但我选了七楼。之所以选住七楼，我和妻子有三点意见一致：一是楼顶干净；二是不会干扰别人，别人也不会干扰我们；三是还有一个宽宽的楼顶可以栽些花草树，陶冶下热爱大自然的情操。但搬进七楼不久，隔三岔五的鼠患，搅得全家不宁。

　　小儿是个书呆子，从没看见过真正的老鼠，听说有鼠进屋，早吓得躲进卧室。躲进卧室好说，不会给当老爸的我增加什么压力，他肚子饿了还会跑出来。可妻子的一声声恐怖的尖叫，使我全然没了躺在沙发上看电视的兴致。我知道，作为大丈夫，该奋勇出击，驱除"鞑虏"，光复宁室了。

　　凭我在机关工作多年的经验，我知道，防治鼠患，应既注重当前，又要考虑长远；既要注重教育，也要惩防并举。对屡犯我境的老鼠，还必须根据情节轻重进行惩处，

以达到惩处一个,震慑一方的效果。若罪不可赦,则另择地处以极刑;若情节严重,罪不至死,则处以无期徒刑,也就是长期关押;若罪行轻微,则进行警示教育之后放归野地,变害为利,保持生态平衡。

我动手了。根据我在乡下生活多年的体会,我知道对付城里的老鼠是不能用在乡下消灭老鼠的那套,也就是用鼠药的。如果用鼠药,老鼠吃了之后,在家里找个缝隙躲起来死去,不到臭气熏天,你是找不到它的。此法会造成长期的、恶劣的环境污染和人的心灵创伤,不是迫不得已不可使用。我仔细研究了灭鼠的各种技法,进行了各种风险评估,并考虑了对老鼠的惩处效果,决定采用生态捕鼠法,即用笼子捕。

从菜市上一位老大爷的摊子上,我用十块钱买了一个捕鼠笼。此笼身长一尺,入口如巴掌大。其捕鼠原理是,在笼中挂一小钩,小钩通过弹簧与笼门相连,小钩悬挂诱饵,鼠入笼动饵,则会触动机关,被牢牢地关进笼中。此法不会留下血腥的场面,不仅可生擒老鼠,还可方便对老鼠进行审判和惩处。乘夜深人静之际,我在妻子指认的地点——衣帽间精心地布下了笼子。

初战,大捷。一只黄毛大老鼠被生擒。接下来,是研究对老鼠的处置。学教育管理学的妻子说,这只老鼠没有在家里打洞,也没有咬破家什,罪行尚轻,教育一下,放生算了。妻子是家里的政委,对所有家事她都有决策权、否决权的,她说的话就是圣旨,不可不听、不可不执行。于是,我骑上自行车,搭上鼠笼,大声训斥之后,将黄毛老鼠放生山林。

为了奖励我捉鼠有功，妻子买回上好的苹果犒劳我。我是爱吃水果的，享受着苹果之美味，我大叹，在家里也不能做等闲之辈，也得建功立业才是啊！可是，在我还没有尝够苹果美味的时候，家里再次有了鼠迹。

这次，是我自己觉察到的。一天早上，我起来后正准备享用苹果，突然发现摆在茶几上的苹果们面容有些异样。我申明，我这人是爱干净的，生活是有条理的。但茶几上的苹果无一例外，都有一个乱七八糟的缺口，这绝对不是我干的。我知道，我又得披挂迎战了。

为了避免妻子再次受到惊吓，我没有吭声，而是迅速坚壁清野，并将鼠笼布置好，只等老鼠饥饿之极再次上钩。然而，一晚，两晚，一个周下来，鼠笼都空空如也，老鼠照常夜出在家翻箱倒柜。我知道，局势已非我个人能掌控，鼠患已成痼疾，我得及时发布家务信息，让全家人知情，做好心理准备了。于是，我将情况如实禀报妻子。妻子毕竟也是科班出身，充满理性，略显惊诧之后，迅速平静下来。她说的一番话提醒了我："你可别小看了老鼠，据说智商很高，你用过的鼠笼，可能被之前被捉的老鼠留下了警告同类的信息。"天，我怎么没想到这点。我猛然醒悟，自己犯了轻敌的错误。

鼠笼之技也不能用了。用什么？我技穷，只好遍访高人。最后，还是菜市上那位老人厉害，他卖给我新上市的粘鼠板，并传授我使用秘技。我如获至宝，飞奔回家。

三战，终捷。一只壮年老鼠被粘在粘鼠板上动弹不得。鉴于此鼠偷吃了我的至爱苹果，且耗费了我的极大精力。我和妻子商定，尊重老鼠的生命权，仅对此鼠判处无

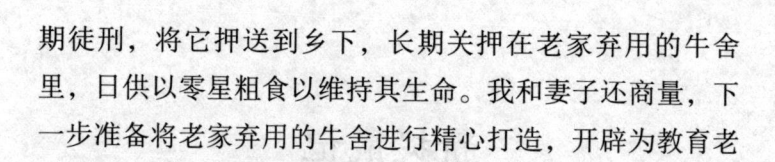

期徒刑，将它押送到乡下，长期关押在老家弃用的牛舍里，日供以零星粗食以维持其生命。我和妻子还商量，下一步准备将老家弃用的牛舍进行精心打造，开辟为教育老鼠勿做坏事的警示教育基地。

三战之后，我家终于平静下来。为了避免再次发生鼠患，我对一战、二战、三战进行了调研总结，并报经妻子同意召开家庭会做了有关老鼠的形势报告。

老鼠从人类定居务农开始就依附人类为生，时时处处危害人类。老鼠种类多，数量大，适应性强。老鼠无论从传播疾病、危害经济，还是无处不在的破坏程度上，都在警示着我们必须坚决置鼠于死地而后快。作为人类社会的细胞——家庭，必须从自身做起，举一家之力，做好防治老鼠工作，做到"早预防，早发现，早处置"。"宜将剩勇追穷鼠，不可沽名学霸王"，对顽固不化之鼠、罪大恶极之鼠，一经捕获，坚决处以极刑。

我们全家不希望老鼠的再次光临！我们全家不怕老鼠的再次光临！我们全家时刻防备着老鼠的再次光临！

2012 年 10 月 16 日

柿子
SHIZI
红
HONG LE
了

新捉鼠记

半夜起床,听到厨房有异响。莫非有强人破窗而入?但仔细寻思,吾住七楼,家徒四壁,且开着灯,即便是强人,安敢如此大胆。思此,吾胆方大增,提着木棍,蹑手蹑脚进入厨房。

但见窗户处杯子被碰落,一老鼠在橱柜上仓皇奔跑。老鼠,我平生与你无冤无仇,你为何半夜惊扰于我?你不知我乃捉鼠高手?迅速关门,瓮中捉鼠。到阳台上拿到粘鼠板后,复进入厨房,将老鼠逼入冰箱前橱柜缝隙,然后在老鼠必经之处布放两道粘鼠板,复敲击橱柜,鼠惊慌失措,从缝隙中冲出,陷入粘鼠板中不能自拔,随即用棒击鼠,合上粘鼠板,放至门外。虽用棒击,但非绝杀,老鼠尚有一气,希其清醒后,自动脱板远去,牢记教训,不再犯我城池。

捉鼠告毕,心情大好,开电视,第一次熬夜看世界杯。谁知刚开始五分多钟,克罗地亚城池即告破!我名买体彩做公益贡献实为中彩之歹念也告破灭,看球之热情断

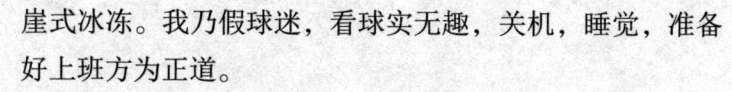

崖式冰冻。我乃假球迷，看球实无趣，关机，睡觉，准备好上班方为正道。

　　清早起来，打开微信，看到朋友们说，克罗地亚 2∶1 胜，冰冻之心复热情奔涌，大喜。

2018 年 7 月 12 日

月亮湾

国庆假日第一天早上六点多一点，我们从雅安自驾出发，直上成雅高速，过都汶高速，直奔目的地阿坝州红原县月亮湾而去。

沿途除在都江堰市至汶川高速段堵了一小时外，总体畅达。晚八时左右，我们一行十三人到了月亮湾。

听去过月亮湾的同事讲，月亮湾有个很美丽的传说。很久以前，在海拔4300多米的查真梁子下居住着山麓和嘎曲两夫妇，生活幸福美满。在一个丰收的年头，妖魔鲁赞抢走了美丽的嘎曲，并诱惑嘎曲改嫁从他，嘎曲严词拒绝。数天后，嘎曲从幻影中看到山麓已做了国王，嫔妃无数，不禁悲从中来，愤然做了妖魔夫人。一天，嘎曲见一邋遢汉子伏地饮污水，不料竟是前夫山麓，两人相认，抱头痛哭，倾诉别后情意。可是山麓为寻嘎曲家产散尽，嘎曲产生不合之意，山麓万念俱灰，化作滚滚梭磨水向东而去。嘎曲悲愤不已，变作激流朝丈夫走的方向冲去，潮头却被妖魔化为山阻挡，嘎曲愁肠百转，一步一回头，月亮湾就是嘎曲回望丈夫的地方。

暮色苍茫，远山如黛，牦牛伫立，此时的月亮湾显得格外的静谧。我们临时寻得一家酒店驻扎下来。

店子是藏族同胞开的，虽算不上华丽，但很实用。经过了一天的行程，我们已饥肠辘辘，在同店主人谈好住宿后，我们便盼着快一点用上晚餐了。店主人指挥有方，不一会儿工夫，我们便喝上了热气腾腾的酥油茶，吃上了香喷喷的手抓牛肉。

清晨六时许大家就起床了。起得这么早，是想看看月亮湾的日出。远远的，康哥和他的爱人晖子朝山坡下的公路走去，妻子跟在后面。我正有些疑惑：店里的服务员不是说，在店子修的站台上就可以看到日出吗？妻子大声说，往前走，在前边呢！于是我和后面的朋友们跟着走了过去。月亮湾海拔达3500多米，在这样的高原，是不能剧烈运动的，我们一行人像老人漫步样朝拐弯处走去。不到五分钟时间，走到一处，看见路边上停了好几辆车，很多人已走上路边修的台子，朝着日出的方向挥舞着"长枪短炮"。原来这里才是看日出最热闹、最好的地方呢！

台子之上，蜿蜒的白河尽收眼底，确如一弯新月悬挂在草原上。一层白雾如面纱笼罩在月亮湾之上，月亮湾更添高雅和神秘。

出来了，出来了，太阳出来了。人群中爆发出欢呼声。远山之巅，一轮朝阳从雾海里喷薄而出，放出耀眼的光芒。一座座山峦尽染朝晖，恰如一座座金山蒸腾！同行的五家人，在看台上比画着各种pose，争相留得月亮湾山河壮美的一瞬。

快看，快看，佛光！有人惊呼起来。真的，真的是佛光啊。康哥一边大叫，一边举起相机，不停地咔嚓起来。但见一七彩光环从月亮湾的云雾里闪现出来。佛光灿然，不管你站在哪个方向，你的影子都在光环正中。而且人影随着人而动，奇妙得很。一行人直呼过瘾，这次月亮湾之行，不单看到了日出，还看到了云海，更看到了佛光，大家觉得幸运极了。

　　云雾蒸腾之上，一圈彩虹显现出来，只是颜色不是很鲜明，但我们一行人已很满足了，大自然已经惠顾了我们，总不能太贪心了吧，留一点遗憾也是未尝不可的。

　　太阳已经升高，一行人展开"与你同行"群旗，在一块刻有"月亮湾"三个字的巨石边留下合影后，尽兴而去。

2016 年 10 月 9 日

雨中的看望

今天早晨起来,听到窗外有清脆的雨声。昨晚想好的一早出去走走的想法自然泡汤了。虽然不能远足,但到楼顶去看看是很容易的吧?

上得楼去,首先映入眼帘的是妻子种的玫瑰,它们在雨中静默,虽然没开几朵花,但在妻子的精心照料下,玫瑰枝秀出浓浓的绿。

一盆黑黑的花泥里,挤出几瓣新芽。不知它们是花,还是草。听说今年雨水偏多,这不有利于花草的生长吗?我打心眼里期盼它们快快长大、长高,不要错过这大好机遇。

而从一个小花盆里长出的一株菊花让我感慨不已。那不是去年秋天妻子买回来的彩菊吗?它在一个淡紫的花盆里骄傲地开了一个秋天才罢休!那花盆也给我留下很深的印象,不过是塑料的,但却支撑了菊黄整整一个秋天。我早以为,它们的使命已经完成且被妻子清理出门户,没想到,它们是被妻子放到了楼顶。铅华散尽,又经历过寒

冬，这菊花竟从枯根里发出一株新苗来！它已长很高了，但下面早发的叶有些枯黄，显得营养有些不足了。这样下去，它能特立为一方秋天吗！妻子不放弃，把它放在楼顶这块更大更广的天地自由呼吸。我能给它什么呢？会不会是塑料花盆太小了？

撑伞，出门。在菜市的花店里，我寻得一个瓷花盆，奔向楼顶，移栽、培土，把小菊轻轻放了进去。

雨还在下，还借着风威。但我不担心已有了新窝的菊。

2016 年 5 月 14 日

楼顶的心事

这个周六，懒得出去了——外面太热，不如就在自家的楼顶上走走。实际上，这不是我到楼顶的唯一理由，楼顶现在每天都有我的牵挂。

今年春来了的一天，闲来无事，独上楼顶，看见左邻右舍家家楼顶春色招摇。我不觉愧叹，这么多年，自己都没有实现把楼顶弄成花园的想法。现在经济尚低迷，囊中羞涩得很，这想法恐怕只能成为遥远的幻想了。不对，我反问自己、反思自己，觉得自己是志存太高远，目标定得高大上了！现在已不同于物资匮乏的20世纪六七十年代，皮囊再瘦，也不至于连弄几株菜苗苗的能力也没有吧？"几树梅花送冬去""一枝红杏出墙来"。花不在多，枝不在繁，一花一世界，一叶知春秋，自己对世界的理解是狭隘了。

思必行，行必果。走进菜市，捧回冬瓜、黄瓜、瓠子苗各两苗，海椒秧八根。从老家二姐处讨来一堆肥土，将楼顶空着的几个花钵钵盛得满满的，几株菜苗苗就此在我

柿子
SHIZI
红了
HONG LE

家楼顶安身立命。

　　早些年，我东听西看得几条道家养身之术，其中有一条叫顺应自然，我深信不疑。我家楼顶不算窄，近天空、挨日月，空间不算小了，对这几株苗子不应过于关心，应让它们在那里自由腾挪。几天之后，我上楼顶看我种下的春色。谁曾想我的冬瓜、黄瓜、瓠子、海椒，干瘪得像索马里战乱中的孩子，快没有气了。

　　天道异常，干旱少雨，再顺应自然下去，我的几叶春芳绿、几颗秋收梦只能幻灭。我悟到，这冬瓜苗苗之类，其实也是婴儿，是需要主人精心呵护才行的。于是，只要天不下雨，不管再忙，我都会到楼上给它们浇些水，理理它们爬错方向调皮的身体，扯扯争夺它们口粮的野草……一日日，一天天，我就这样坚持下来。每天不上楼，我就觉得心里空落落的。

　　功夫的确不负有心人。看吧，冬瓜在墙头横着毛茸茸的身子，黄瓜从竹竿上探出水灵灵的脑袋，瓠子的花儿像穿着洁白婚纱的新娘样亭亭玉立，海椒的尖尖的子儿多像躲藏在叶子下面的铠甲武士。

　　"暑假回家尝尝老爸栽种的瓜。"我自豪地向在成都念高中的儿子发出了邀请。短信一发出，我又紧张了——如何把楼顶的青涩呵护好，莫让丰收成梦魇？

2015 年 6 月 6 日

重建中的乡情

立冬后的一天，我去了趟沙坪镇。行前，熟悉当地情况的同事提醒说，沿途都在灾后重建，车辆多，得做好堵车的思想准备。

从城里出发，一路上但见挖掘机、工程车来来往往。场口，就是我们要看的景春村灾后重建新村聚居点。担心停下车会影响工地施工和来往行车方便，我们决定从场镇另一头进去看看。

场镇依山面水。河水不大，清澈似镜；山峰不高，明净如妆。场镇上已看不到地震留下来的伤痕，四处闪耀着冬日暖阳。实际上，去年发生的芦山强烈地震给这个镇造成了不小的损失，单直接经济损失就超过3000万元。房子受损的老乡有1600多户，全镇需要重建的老乡有490户。

适逢赶场天，场上熙熙攘攘。卖青菜萝卜的、卖猪肉的，米花、油窝、糖果等各式小买卖挤满小街，叫卖声、谈笑声混杂在一起，热闹极了。这让我想起自己老家的场

镇来，走进馆子，坐着木凳，靠着四方桌，吆喝一碗羊肉汤，呷上二两烧酒，赶集的日子是多么热络呀！

走到场尽头，一股醉人的香扑面而来。抬头一看，才知是走到镇上的酒厂了。沙坪的酒是很出名的，雨城街上的馆子，几乎家家摆有沙坪酒，当地人美其名曰"沙坪五粮液"。同行的老李是酒客，他比画着说，震后不久，沙坪酒很快就恢复市场供应了。场镇优良的自然生态给酿酒提供了得天独厚的条件，出产的浓香型白酒酒色透明，窖香浓郁，绵柔爽净，尾净香长，好喝得很。

酒厂的旁边，就是我们要找的景春村新村聚居点另一个入口。新村沿山边平行而建，一幢幢一楼一底的新房在阳光下静立，像极面容清丽的雨城女子。在工地上，我们遇到检查工地的镇党委罗书记，他自豪地告诉我们，这是雨城区比较大的安居点，180多套新房已完工80套，余下的将在12月10日前全面建成。建设期间没有遇到一户钉子户，没有碰到一例上访户，乡亲们都很支持，很感谢国家的帮助，都自发组织起来支持建设。所见所闻，让我们打消了乡亲们不能在年前搬进新房的顾虑。我们向罗书记竖起大拇指，称赞他工作做得好。罗书记摆摆手说："哪里哟！个人的力量微不足道，是人心顺、齐努力的结果嘛。"

雨城多雨，一年当中近一半的时间都是淅淅沥沥的，工地施工得看天行事，这么大一个安居点能建成这样，不知镇上乡亲克服了多少艰难困苦。望着罗书记疲惫的面容，我们不忍心再打扰他，准备告辞离去。罗书记说，还有散户重建呢，只有一户没完工了，他坚持要我们去现场看看。

　　下场镇，过桥，上坡，几分钟时间我们就到罗书记说的四方村那户人家了。户主姓张，房子已修到顶，在浇筑圈梁了，一群工匠正在房上忙碌，但主人家一个人也不在。我们有些纳闷。村主任说，张家二十多岁的女儿脑出血，据说还有脑瘤，真够可怜的，全家人都到成都给女儿治病去了，家里所有的钱都搭进去了。旁边的一位乡亲补充说，张家命确实苦，一家四口人，个个都不通泰。老张五十多岁，早年在煤矿打工，落下了硅肺病，失去了劳动力，老张的妻子精神上有些障碍，儿子是智障，再加上女儿出现这个病，一家人算是霉到头了。

　　我们惊诧，老张家困难那么大，怎么还有能力把房子修起来?!

　　"知道老张自建房因女儿生病停建的情况后，镇上村上都很着急。尽管老张脾气暴，说话直，得罪了不少邻居，但他家有难，大家都来帮了。区上对口帮扶部门支援了建材，镇上想办法筹措了一万多块钱，村上请来匠人，左邻右舍自愿帮忙，三下两下就把老张家的房子建成这样了。接下来我们会抓住好天气，加紧做完扫尾工程，他家搬新家过新年是没有问题的。"罗书记说毕，向我们介绍起在房上忙活的一位老乡。

　　老曹，四十多岁，中等个儿，瘦瘦的，穿着一件绿色的中山衣。他的女儿在成都上大学，儿子在读中专，通过国家的补助加上贴息贷款，老曹把房子修了起来，正做装修，一听说老张家遇到了困难，他放下自家的活就冲过来帮忙了。

村主任补充说，老曹有建筑手艺，他本准备加紧把自家房子装好后出去挣钱还贷款，却因老张家的事耽搁了，要知道平时老张的话筒子可没少得罪老曹家呢。

听到村主任在赞扬自己，老曹摆摆手，大声说："乡里乡邻的，再说，人一辈子，哪个不会遇到个磕磕碰碰啊，帮一把就迈过去了嘛。"

村主任说："是啊，咱们村里民风纯得很，一家有事，家家来帮忙是规矩。"

离开四方村时，乡亲们微笑着向我们挥手告别，他们的笑容灿烂如花，散发着沙坪五粮液一样的醇香。

2014 年 11 月 16 日

红盆子

我家里有三个盆子，有两个是才买不几年的，已快坏了，另一个买来用了近三十年了，一点也没坏，红红的，像新嫁娘一样。

看着、想着家里的这个红盆子，别有一种情愫上心头。它是我在最困难、最无助的时候仰望到的一抹鲜艳的亮色，它一直和我一起，不离不弃。

20世纪80年代末，我考取了重庆的一所学校，用老家人的话来说，就是脱农皮了，端上铁饭碗了。因为那时的大中专毕业生，国家是要包分配的，所以能考上学校，不只是一家人的喜事，也是一村人的荣耀。在九月份开学时，父亲送我去学校。那是我们第一次出远门。父子俩在老家的黑竹关街上搭上一辆客车直达成都火车北站，然后买硬座挤上了一列开往重庆的火车。一路之上，有些拉肚子的我连吐带泻，觉得坐火车难受极了。车上人多，进趟厕所很不方便，要穿过车厢里横七竖八的人群才能挤进卫生间。那时想，要是面前有个盆子该有多好，要吐就直接

装进盆子里了，再一次性倒进卫生间，多省事呀。那一夜，火车"哐当，哐当"的轰鸣声从成都一直折腾到重庆，叫人难熬之至。

　　到了终点站菜园坝火车站，已是清晨六时左右了。车站人头攒动，浓雾弥漫，我和父亲一下车便分不清方向了。好在有学校录取通知书的提示，我们在下车不远处就看到了学校设的迎候点，一面鲜艳的大红旗在风中招展，指引我和父亲坐上了学校迎接新生的大巴车。一眨眼的工夫，我们便到了学校。学校报到处的老师热情似火，吩咐这吩咐那，提醒要准备好生活必需品。

　　准备些什么呢？在学校一间小卖部里，我犯了愁。香皂、肥皂、毛巾、牙膏之类的东西静静地躺在货架上，散发着淡淡的芳香。这些东西是必不可少的。父亲手脚麻利，几下帮我买齐了，但我始终觉得少了什么一样。看花了眼的我抬起头来，噫，那是什么？货架角落上方一团鲜艳的色彩映入眼帘，那是重叠放着的几个红盆子，它们的色彩多像学校那面在晨雾里轻舞飞扬的旗子的色彩呀，盯着它们，我觉得精神一下好了许多。见我喜欢，父亲一点磕绊没打就买下它递给了我。

　　重庆，别称山城，又以雾都著称。山上山下，城里城外常常是灰蒙蒙的。这种状况到了冬天，加上劲吹的寒冷的山风，给人的心境往往笼上一层深深的雾霾。学校旁边有一条铁路，灰色的天空里间或传来一两声列车的长鸣，更添寒冷与孤寂。每到晚自习结束的铃声一响，自己便忙不迭冲向寝室拿上红盆子，倒上一壶热水，手捧一本书，双脚泡在盆子里，直到一股暖流涌上背心，全身暖和起来,倒上床头便一宿好睡。

毕业后,学校通知我回原地区分配工作。和我从山城分回去工作的,还有我的几位老乡。我们相约从山城出发,坐火车抵达成都后,挤上了直达目的地雨城雅安的客车。坐火车花去十多个小时,搭客车用掉五个多小时,大半天的时间就消磨在弯弯拐拐的路途上了。一路之上,我端着装着毛巾、牙刷之类生活用品的红盆子,想象着即将工作的地方,心里七上八下的。虽然国家是要包毕业生工作分配的,但分配的地方,我们无从预知,我们只能在学校里拼劲学习、用力表现,因为我们知道,只有品学兼优,国家才会给我们分配个好去处。我们在一家招待所住下,想到第二天到人事局报到后就会各奔东西,不知什么时候才能相见,大家觉得应该做些什么,合计下来,一致赞同喝些酒。于是大家掏空了腰包,凑了十几块钱,买了一瓶红双喜葡萄酒和一些花生、胡豆,用招待所房间里的茶杯盛上酒,一行六个人围坐在一起海阔天空起来。酒喝得不多,一个个脸上却都红霞飞舞,竟都有些醉醺醺的了。第二天早上醒来,才发觉自己是枕着红盆子睡了一夜。现在回想起来,那晚可真是酒不醉人人自醉了。

参加工作后我搬过几次家。俗话说,搬家搬家,搬一次败一次。每次搬家,我都会用这话提醒自己,可别把我和爱人一手一脚立起来的家给搬败了。但有一次,我差点把我最惦记的红盆子给弄丢了。那是十年前的一个秋天,是我规模最大的一次搬家了。想到即将住进宽大的房子,杂七杂八的东西太多,自己动手搬的话,不知要花多少时间,图省事,我请了搬家公司的人帮我忙活。下班回去一

看，家什摆放得整整齐齐的，心里觉得这搬家公司的人还真不错。但左看右看，总感觉空落落的。

"缺了红盆子。你在重庆读书时用过的红盆子不见了。"父亲记性真好，他也还记得那个红盆子。

我们把新家每一个角落都找了，还是没找到。我懊悔不已：这次可真把家给搬败了！

"不会的，不会的，昨晚红盆子不是好好地在老房子吗？"妻子安慰道。

"对呀，在老房子，会不会是搬家时忘拿了。"我恍然大悟，一阵风似的冲向老房子。

好家伙！红盆子还静静地躺在老房子的卫生间。那天晚上，我抱住红盆子，足足端详了好一阵子。

人生多舛，人生何幸。红盆子和我的相识、相守，红盆子的失与得，让我明白一个道理：一事、一物，或许会在你的人生旅途中留下深深的烙印，或许会温暖你一辈子，一定要善于发现，一定要倍加珍惜，一定要深情相守啊！

2014 年 7 月

阵　地

　　一阵山风袭来，杨菲不禁打了一个寒战。地震使山河易容的同时，还改变了这座县城的气候，一早一晚变得冷飕飕的。自县上下达一个周之内必须搭好800套过渡安置板房的死命令后，杨菲就一直钉在工地上，没有合过一次眼。此刻的她有些虚脱了，上眼皮好像有千斤重，扯着整个人直往下坠。

　　"杨菲，县上要我们局必须完成800套板房的场平工作。你负责原职业中学那片300多套板房的场平工作。记住，那里就是你的阵地。"这是三天前的早上局长在传达全县过渡安置工作会精神时对她下达的指令。那天刚好是星期天，女儿准备返回成都的大学。杨菲原本是想送女儿到学校里去的，自地震发生后，她就没有同女儿好生待过，她想送下女儿，弥补弥补地震以来对女儿的亏欠。但局里布置的任务关系着上千受灾群众的生计问题，刻不容缓，她不得不临时决定叫女儿一个人坐班车返回学校。

　　她像一柄剑冲向她的阵地。对"阵地"二字，她再熟

悉不过。她老公就在部队里，她因为崇拜军人嫁给了当兵的老公。她知道，在地震发生后的第一时间，老公所属的部队就风驰电掣冲到了震中龙门镇开展救援工作。她和老公相隔不过 20 公里，却没有时间见下面。

一到场，杨菲惊呆了。高低不平的场地，四周杂草丛生，一整栋废弃的楼房因遭受地震的破坏变得摇摇欲坠。学过工民建专业的杨菲清楚，这样的场地要做好拆除危房、打好场平，按平时的工作量至少需要一周的时间。如果一周之后做好场平再请板房公司进场安装板房，就不可能按时完成板房搭建任务。怎么办？杨菲感到既紧张，又害怕。

地震以来，杨菲领受过很多任务，但没有哪一次任务让她如此紧张过、胆怯过。民工在哪里？装载机从哪里调？拆危的队伍怎么产生？板房公司如何衔接？澡堂布置在哪里？化粪池打在什么地方……一系列问题好像一块块石头轮番击打着杨菲，她觉得头有些晕，两腿有些软，她快支撑不住了。

"杨菲，有什么需要帮忙的吗？"杨菲回头一看，原来是市局的具局长带着质量安全监督站的关站长来了。

"你们来得这么快？"

"我们是一家人嘛，家里有事，怎么不晓得呢？板房这事确实急。来，我们一起努力，众人拾柴火焰高嘛！"

杨菲感到一股暖流从心田中涌动开来，迅速传遍全身。她顾不上客套，便同具局长、关站长一行人蹲在地上商量起打场平的方案。

三天。三天里二十四小时不间断施工。

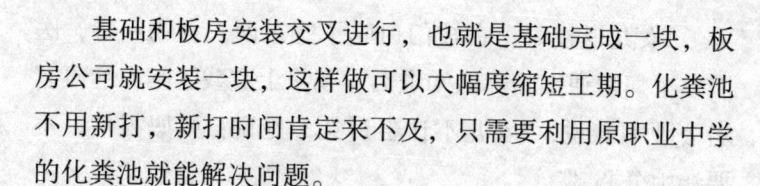

基础和板房安装交叉进行，也就是基础完成一块，板房公司就安装一块，这样做可以大幅度缩短工期。化粪池不用新打，新打时间肯定来不及，只需要利用原职业中学的化粪池就能解决问题。

民工进场，挖掘机进场，装载车进场，板房公司进场……连续三天三夜，杨菲穿梭在工地上，她纤弱而坚毅的身影印刻在工地每一寸土地上。三天里，她没有来得及给女儿打一个电话，她也没有接到过女儿一个电话，她不免有些失落——女儿还是有些不懂事。她有些愠怒，忍不住想拿起手机数落女儿一番，但监理黄飞的一声吼叫吸引了她的注意力。原来站在装载车不远处的一位民工忘记了戴安全帽。那不是邻居家的儿子小王吗？他的母亲在地震中失去了双脚，他可不能再有什么闪失啊。叮嘱小王马上戴上安全帽，见小王戴的帽子有些松，杨菲踮着脚帮他系紧后才放心地走开。

此刻，看着一间间矗立而起的板房，杨菲有些激动。她觉得太不可思议了，她觉得工地上的人们创造了天大的奇迹。但她还是有些不放心，她有些神经质了。"行间距不能小于 4 米，外墙与挡土墙之间的距离要大于挡土墙高度，消防通道宽度不能小于 4 米。"她担心自己负责的场平有差错，她不停地提醒施工人员必须一丝不苟地按照技术规范检查每一道工序。

"杨姐，有人找您。"局里的小张从公路边跑过来。一群军人跟在他后面疾步而来。老公和部队上的人来了。

"嫂子，部队换防，我们顺路来看看您。"部队张参谋边说边递过来一张报纸。

"女儿返校时,在校门口吃了些东西,食物中毒,医院发了病危通知。部队知道后,在报上登载了咱家的事。"老公哽咽着说,"女儿不让告诉您,她说:妈妈很忙,不要让她分心。"

杨菲眼里噙满泪花。她想笑,也想哭。

2013年10月2日

标

开完局里召开的项目工作会后,小马心里头像压着一块石头,两条腿如同灌了铅,整个人几乎站不起来了。

"啷个办啊?沿河路必须后天开工!"此时,没有人比小马更清楚时间的紧迫了。沿河路是整个县城的进出口通道,还是县里最大的景观工程。为做好这个工程,局长立下了军令状,与县长签订了目标责任书。换言之,如果这个项目不能按时启动完工,局里一班人是要被问责的。作为局里项目办公室一个小小的办事员,小马知道这事的轻重——如果局领导被问责,他这个跑腿的无疑首先会被拿下。想到这,小马冒出一身冷汗。

小马呆坐在会议室里。几颗星星在刚合拢的夜幕上眨着眼睛,衬出夜的黑和寂静。一阵山风吹来,出了一身冷汗的小马感觉好像轻松了一点,他的思绪又回到了半个月前的那个上午。

那天,天空格外的晴朗,沿河路工程监理招标如期开标,顺利评出了前三名。盯着网上公示的中标企业名单,

柿子
SHIZI
HONG LE
红了

小马就像当年盯着自己老婆生出了一个带茶壶嘴的小子那样专注和狂喜。为做好招标工作，小马和局里的几个同事已经好几个月没有休息了。他觉得招标如此顺利，同他和几个兄弟伙制定的招标文件是不无关系的，他认为这份招标文件完美得找不出一个麻子点。可谁知道，天有不测风云，眼看中标结果公示期就要满5个工作日的时候，第二名母羊公司向多个部门状告第一名山羊公司报价下浮幅度低于20%。

接到投诉后，小马心里大惊。他知道这次无疑是遇上高手了。为了防止低价中标，按照国家有关部委的规定，局里的招标文件专门做出了强调，投标单位的投标报价在基准价上下浮幅度不得低于20%。小马迅速核查了第一名的中标价，在用电脑测算之后，小马还不放心，操起他的老本行，用算盘噼里啪啦打了3遍。山羊公司报价110万元，肯定没有问题。问题是山羊公司的报价的确低过了最低的下浮幅度，低了1毛钱！

在乡镇上干过信访工作的小马心里很清楚，一件事只要有投诉，是必须要及时办理的，否则初信初访会演变成大问题。小马觉得母羊公司的投诉事关重大，如果处理不及时，处理得不好，会影响沿河路的及时开工。于是小马立即向局长报告了情况。小马不单向局长提出了问题，提出了解决问题的办法，还三下两下起草了一个答复，送局长审定后以局的名义发给了投诉方母羊公司，委婉说明山羊公司的投标报价是经过专家评审委员会评审的，符合招投标的有关规定，没有问题，希望母羊公司理解。

回复发出后，局面平静了下来。局长在大会小会上多

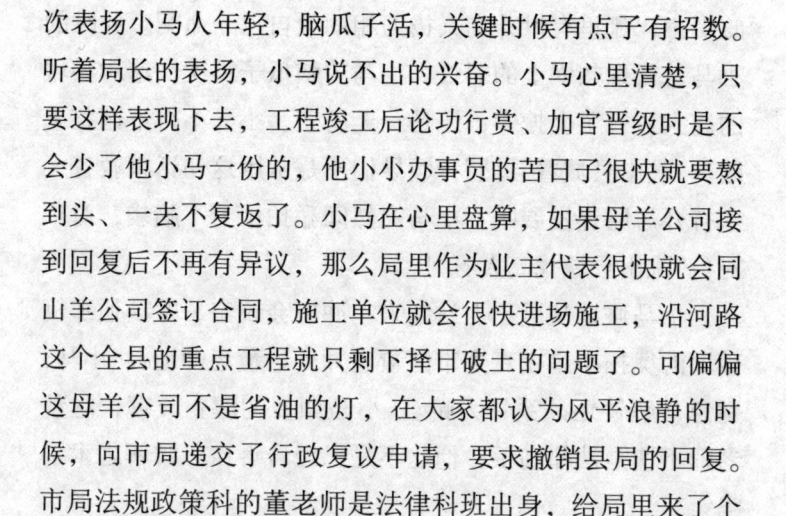

次表扬小马人年轻，脑瓜子活，关键时候有点子有招数。听着局长的表扬，小马说不出的兴奋。小马心里清楚，只要这样表现下去，工程竣工后论功行赏、加官晋级时是不会少了他小马一份的，他小小办事员的苦日子很快就要熬到头、一去不复返了。小马在心里盘算，如果母羊公司接到回复后不再有异议，那么局里作为业主代表很快就会同山羊公司签订合同，施工单位就会很快进场施工，沿河路这个全县的重点工程就只剩下择日破土的问题了。可偏偏这母羊公司不是省油的灯，在大家都认为风平浪静的时候，向市局递交了行政复议申请，要求撤销县局的回复。市局法规政策科的董老师是法律科班出身，给局里来了个电话，叫局里先想想办法，那个回复多多少少有些瑕疵，县局回复了应该由别个部门回答的问题，如果依法依规，市局是要启动行政复议程序的，结果可能对县局不利。

　　局长心急火燎找到小马："小马呀，看来这事不是那么简单啊！局里没有懂法律的人员了，你在乡镇上干过，有比较多的基层基础工作经验，这事还是你赶快想办法来搞定吧。"局长毕竟是局长，话虽不多，但字字饱含信任，句句透着压力。还在兴奋之中的小马像一下坠入了冰窟，既感到一股刺骨的寒气，又仿佛看到冰窟口上无限的光明。就这样坐以待毙吗？不！不！在乡镇上摸爬滚打几年练就了坚毅性格的小马掂量着、思忖着，他知道越在困难的时候越要看到希望，越不能乱了方寸，越要头脑清醒找准对策，否则一切的希望都会化为泡影。可直到今天局里开会，小马绞尽了脑汁，都没拧出一丝办法。

　　在这个小小的山区县城，到处夹杂着小摊小贩粗野的

吆喝声，哪里有世外高人拔刀相助救自己一命啊。此时的小马急得像热锅上的蚂蚁。小马的脑瓜子再次快速对县城的高人进行了全搜索，还是一无所获。小马不得不调整思路。"跳出县城看县城"，领导们不是常用这句话来教育大家打开思路谋发展吗？小马突然间猛拍了一下脑袋，对！对！"跳出县城找高人呀"！

小马倏地从凳子上站起来，冲出会议室，发动他那辆破旧的奥拓车星夜直奔市区董老师处。董老师道："小马，别急，解铃还须系铃人嘛。"小马如梦初醒：天哪，这董老师不愧是法律高手，他这不是已经告诉自己破解之术了吗？

小马拿起手机给山羊公司经理打了一个电话。第二天一早，局里接到市局的电话说母羊公司已经撤诉。

沿河路按期开工，小马整个人就像得了场重病一样，骨头都散架了。

2013 年 9 月

中秋的点滴

听妻子说,按儿子学校的安排,一家人在中秋节要搞一个活动,我半是期待半是担心。期待的是亲朋好友聚在一起,品尝着中秋美食,天南海北聊一通,多好呀!担心的是,儿子长大了,他愿意和一大堆人海阔天空吗?

未曾料到今年的中秋节天气不好,下了一整天的雨,再加之儿子的作业很多,妻子策划好的中秋活动只有压缩再压缩,放到晚上进行了。

在品尝完我做的几道"美食"之后,弟媳、侄子,还有另外一对朋友,加上我家三个,总共七个人在家里那还不算太窄的客厅里通过猜拳、翻手等游戏开始了中秋表演活动。活动下来,再摆摆龙门阵,已是晚上十点钟了。在弟媳、朋友离开之后,家里安静下来。自己也总算有时间静静地享受这中秋之月了。

今年的中秋,有些让人遗憾。天雨,月亮深藏云端。好在有一台自编自演的节目,有几个朋友的到来,再加上儿子出人意料的参与,过得还算愉快。即便是没有月亮,看着一诗人朋友发给我的原创诗短信，倒也释然：月亮装在心里，何愁中秋无月？

2013 年 9 月 21 日

朋　友

"新来的老板搞人力资源组合，快下岗了，帮想想办法吧！"亮的电话使我全然没了过周末的兴致，我知道身边又快少一个朋友了。

从老家一路走到这座川西小城，二十多年来，结交的朋友虽不算多，但也有好几个。我们常在周末、节假日聚在一起，叙叙旧，喝喝酒，打打小麻将。

记得 20 世纪 90 年代初，足球甲 A 联赛兴起并火爆起来，四川有一支名叫全兴的队伍冲进了甲 A，朋友们很是高兴了一阵子。当时，看球赛的方式主要有两种：一种是直赴成都体育中心现场呐喊助威，另一种是坐在电视机前观看。前一种花销太高，门票费、来回乘车费加起来有好几十元，其时只有百把块钱月工资的我们只能选择看电视直播。

我当时住的那套房楼层矮，同左邻右舍共用一条长长的阳台，朋友们来往看球赛很方便。每到有甲 A 比赛的周末，大家必围坐在那间十多平方米的客厅里看甲 A 直

播，边看边疯狂地喊着："全兴，雄起！全兴，雄起！"那情那景，工作的压力、生活的烦恼一吼而空，真是酣畅淋漓极了！ 1995年5月，我和一位老友坐在电视机前，碗装烧酒，嚼着花生观看在天津举行的第43届世界乒乓球锦标赛，目睹国人包揽全部7个项目的金牌，老友激动不已，摇着两个空酒瓶大叫：冠军、冠军！现在想起来，那时的生活是贫穷的，但又是相当快乐的。后来，大家聚在一起的时间是越来越少，朋友们一个接着一个远走他乡，贫穷的快乐、快乐的贫穷仿佛也一应离去。

　　忠是第一个离开的。在一个几个小时后便是新年的夜晚，忠骑自行车来叫我出去坐一下。那晚天气很冷，天空飘着细碎的雪花，我们几个人围坐在中桥大榕树下的一家羊肉馆里端起了酒杯。几杯酒下来，微醉的忠说，不能再在厂里待下去了，已办好辞职手续，当晚就要搭车赶到成都坐火车到广东去。望着羊肉馆对面那棵遮得下近百人的大榕树，我心里是说不尽的惊诧：在这座小城里，那家厂子效益算是最好的，忠真是有追求呀！忠解释说，不是嫌厂子不好，也不是怨厂子容不得人，是自己喜欢计算机，搞了个图文电视的技术，听说在沿海用得上，想出去闯闯。酒毕，忠瘦削而坚硬的身影消失在淡淡的雪花里。三年之后，忠在广州创立了一家资产上千万元的IT公司。

　　世间的事情往往很怪，没有时便没有，有了第一次，第二次、第三次便会接踵而来。在忠离去的遗憾还没有消退的时候，朋友泽和军又相继因厂子发不出工资先后离去。一个直奔忠去的广东，一个跑到了省内的一家生产水泥的私企里。

离别的朋友当中,最让人担心的是建。建毕业于川内的一所工科学校,学的是机械制造专业,后来自学了电子技术专业,在一家厂里当技术员。建讷于言而敏于技,干事极认真,口碑极好,工人们都很喜欢他。遗憾的是,厂里后来上了一个心地狭窄而又不懂管理的老板,常常给不善迎奉的建穿小鞋。建已成家,一家三口靠他起早摸黑挣的七百元工资是无论如何也维持不下去的。受气受累又薄收,建不得不走了。建走时,朋友们还真为他捏把汗,天地之大,不善言辞的他能找到好去处吗?后来,听建的妻子说,建找事做确实费了一番周折,后来在苏州找到了一家企业,老板视他为宝,给他两千五百元的月薪,包吃包住。虽然两千五百元的月薪在苏州不算高,但在雅安这座小城里,已够建的妻女一月的生活开销了。

电话那端的亮,学过汽车修理、经济学两个专业。亮说,没想到自己会在人力资源组合中落下来,兴许是这些年在不知不觉成了温水里的青蛙吧,在危险来临时没了逃生的功夫!

朋友的离去,让人忧伤。好在现在资讯已很发达,打一个电话,发一条短信,插一根网线,远隔天涯的朋友们仿佛就在眼前!于是,我又欣慰起来:"有朋至远方'去',不亦乐乎?"

2013 年 2 月 21 日

雨中 桂香如故

临近中秋节的一天,我急匆匆从外地赶回来,一心想看看雨城街上的桂花是否开了。

一踏上返程的客车,便有种"秋风秋雨愁煞人"的感觉。秋雨潇潇,扑窗而来。我心下黯然:这样的天气,想看桂花恐怕是做梦了吧?

我生活的这座川西小城,一年四季都有她的靓色。春天,芳草萋萋;夏天,树木葱郁;冬天,江水清丽;而她的秋天,最让我期待——秋来时,湛蓝的天空下,小城好似一位温婉的女娃伫立在青衣江边,清风徐来,一阵阵桂花香扑面而来。抬起头来一看,一巷巷、一街街,或金黄、或银白的桂花,总向你绽开着灿烂的笑容。每年秋天,我都会陶醉在这一城桂花里。我脑海里,总会浮现出那年看桂花时的一幕——

一位老人推着一辆竹竿做的童车,轻轻地走过四川农大校区的那片桂花林。她一边走一边说:"桂花香,乖孙子!乖孙子,桂花香!"她的孙子躺在童车里瞪着大眼睛,好像没听见她在说什么，只是吧嗒着小嘴大口大口地呼吸。婆孙俩远去的身影，闪耀着温暖的霞光，透射出浓郁的亲情，散发着沁人的芳香，深深地定格在我的记忆里。我想：倾城桂花香，兴许是缘于雨城这个女娃长年累月的精心浇灌吧？于是，一年年，一秋秋，我总会像儿时期待过年那样，期待雨城女娃给我以馈礼，用她冰清玉洁之手如期浇开一城桂花。

然而，看桂花是需要好天气的。我还不曾有过在雨中看桂花的体味。陆游在《卜算子·咏梅》中描述梅花的那句"零落成泥碾作尘，只有香如故"给人的感觉是凄清的。今天，这一阵紧似一阵的秋雨飘摇，让我不敢想象雨中的桂花是怎样一副凋零的惨样。可是，当我在院坝的路边打开车门的时候，我惊呆了！

桂花还在！一枝枝、一树树桂花，在秋风秋雨里心无旁骛地沐浴。"揉破黄金万点轻，剪成碧玉叶层层。"金桂、银桂互相点染，相得益彰，在这风雨之中显出别样的和谐之气。绽在枝头上的，清新淡雅；飘落在地上的，从容洒脱。我幡然悟道：秋风秋雨其实是恰好的陪衬呀！展现在我面前的，是一幅多么清丽脱俗的风雨桂花图！无论风吹雨打，都能花开如常、芳香如故，雨城桂花的淡定之态让人仰慕！

多想携一缕桂香，恬然走过岁月的长河。

2011 年 9 月 21 日

柿子
SHIZI
HONG LE
红了

母校 那一坡芳草绿

一

1984年初秋的一天，父亲送我搭上一辆敞篷汽车到名山中学读高中。我是以全乡应届初中生第一名的成绩考上的，一路之上，满是自豪的神情。到了班上一打听，才知道人外有人，天外有天，班上以当地乡镇第一名成绩考到名山中学的同学多着呢！

班上的同学大致来自农村、县城、405地质队三个方向。我们被学校统一安排住在泥瓦盖的中式排房里。男女生住的地方相隔较远，女生住的地方离教室较近，男生住的地方离教室较远，是在一座鱼池坎下边的排房里。我们当时的住宿同现在高中生的住宿相比是相当简陋的。大约10平方米的寝室有12个上下铺。可在那时，我们一点也不觉得挤。不，我们那时还没有"挤"这个概念呢！

学校给每位同学发了棕垫，我们在棕垫下铺几根木条，或搭上一排竹片，再在棕垫上铺上床单，就算把床布

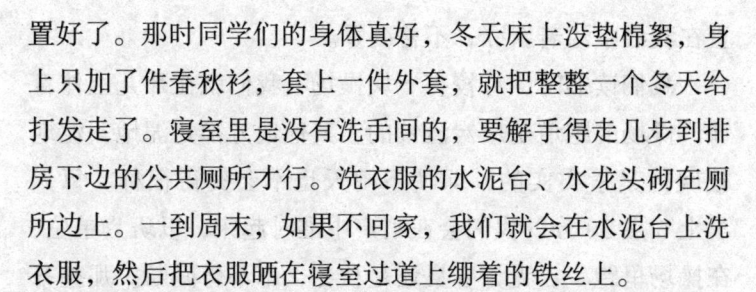

置好了。那时同学们的身体真好，冬天床上没垫棉絮，身上只加了件春秋衫，套上一件外套，就把整整一个冬天给打发走了。寝室里是没有洗手间的，要解手得走几步到排房下边的公共厕所才行。洗衣服的水泥台、水龙头砌在厕所边上。一到周末，如果不回家，我们就会在水泥台上洗衣服，然后把衣服晒在寝室过道上绷着的铁丝上。

　　班上的同学从农村来的居多。每到月末，如果家里人不来校，我们就自己坐车回家背米、拿伙食费。米背到学校换成相应的饭票、馒头票。大多数同学会直接把大米换成饭票，只有少数的同学会额外换一些早上用的馒头票。那时，要想吃上馒头的话，是很不容易的。因为要把大米换成馒头票的话，得另外加一些钱。大多数同学一个月吃40来斤的大米。那时物价不高，每份肉三角钱，每份蔬菜五分钱，一个月下来，大多数同学的伙食开销为五六元，这是按每周只吃一次肉来计算的。

　　有天早上，我看到班上一位成绩很好的同学吃的是白饭。他站在角落里，几下就把四两白饭刨进了肚中，然后悄无声息地离去。当时我好想帮帮他，只是自己也没办法，自己吃的也是白饭呀！也许真的是"梅花香自苦寒来"吧，我的好些同学就是这样默默忍受三年艰苦后考上了很好的大学，我的这位刨白饭吃的同学后来就考上了华东的一所名校，他现在从事的是高端的IT行业，他叫邓军。

二

　　离开母校二十多年了，但母校操场边那坡芳草地，一

直在我心中沁着新绿，不曾凋零。

我们读书时，母校有一块操场，我们就在那儿上体育课。操场的跑道是用炭渣铺的，其他地方都是泥地，泥地被碾得紧紧实实的，即使下雨天也不会变得很稀。每天早上6点30分，我们会在哨声中准时起床，以班为单位，在操场里跑步。无论春夏还是秋冬，都不曾间断。那整齐的步伐，虎虎生风，催人奋进。

在操场的一角，有一条约五十米长四米宽的直道，直道下边是一坡芳草地。草地上间或有几根高高挺立的桉树，地上长满青绿的野草，几朵不知名的小花点缀其间，充满了青春的气息。我们常在下课的时候跑到那坡草地上。或坐下来，凝望秀美的名山小城；或躺下身，看天上舒卷的云朵；或捧着书，津津有味地大声朗读……那一坡芳草地，是我们放松自我的场所，是我们憧憬未来的圣地，更是我们友情生长的地方。

我记得有天早晨我起床后晕倒在水龙头边，寝室里的张虎同学迅速跑到班主任谭洪谦老师家借了2元钱，与郑本毅、蒲长军等同学背起我就直冲向山下的县医院，我在恍惚之中，看见他们艰难地背着我经过那坡芳草地边上的直道。到了医院，医生检查后说我是营养不良所致，增加增加营养就没事了。那坡芳草地呀，见证了家境并不宽裕的谭老师对我的及时相助，见证了同学们对我的深情厚谊，从此在我的脑海里挥之不去。

三

母校的老师在我心中个个都有绝活，他们授人以渔，他们的辛勤劳作结出了累累硕果。历经数十年的风雨，浸润数代人的心血，母校已有 100 多名学子考入清华大学、北京大学、浙江大学等全国名校。至今，母校老师的举手投足依然历历在目。

谭洪谦老师在物理课上的幽默风趣，赵永清老师在语文课上的清真淡远，朱龙根老师在英语课上的博闻强识，陈华义老师在化学课上的严谨缜密，罗正元老师在数学课上的旁征博引，况亮老师在地理课上的气势磅礴……他们为人的清正，他们为学的严谨，他们待人的真诚，他们处世的淡泊，深深地影响了我们，让我们终身受益。这么多年来，无论遇到什么困难，不论工作环境有多么复杂，自己始终牢记母校的教诲，始终没有丧失信心，始终保持着纯洁的心境努力去学习，努力去工作，尽可能为单位、为国家多尽一点自己的绵薄之力。

听说金秋十月要举行母校 81 周年华诞庆典，我能送给母校的只有我对母校的这些零碎记忆，但这些记忆永远沁香，伴我一生。

2011 年 7 月 23 日

打鼾的老朱

　　凌晨一点钟了，老朱的鼾声没有像往常那样雷起。此时的老朱胸口越来越闷，左臂也开始痛起来，浑身开始冒冷汗。

　　"打不打电话呢？"老朱一直在犹豫。为组上服务的专职驾驶员蒋师就住在3201，只要老朱打一下电话，蒋师就会立马开车送他到当地的医院。

　　"是高血压在兴风作浪？还是心脏出了问题？"从五月份开始，老朱常感觉头晕、胸闷。这时的老朱觉得自己快要告别这个世界了。"要是老林这阵在的话就好了。"老朱显得很无助。

　　老林趁周末到成都去看读初一的儿子去了。老林和老朱一样，都是省上从市州里抽到这个组来搞项目资金的监督检查的。在这个遭受"5·12"汶川特大地震重创的城市，四处是生命遭受摧残的痕迹，又四处呈现出凤凰涅槃浴火重生的新气象。各个渠道的救灾资金来了，各地的援建者来了。省上从各地抽了三百多名纪检、审计和财政等

方面的骨干组成四十多个工作组分赴各地开展派驻检查。一年来，老朱和老林一同工作，一同吃住，就像亲兄弟。

"能够来这里工作是领导对自己审计才干的信任！只可惜这身体不管用，看来在这里坚持不下去了！唉，还有那么多的项目、那么多的资金没审！"

"嗒——嗒，嗒——嗒"恍惚中老朱耳边回响起骡子沉重的蹄声。上周末他的妻子不远千里来看他，老朱专门陪在家辛苦服侍老父老母还带儿子的妻子到了趟青城山。走到老君阁重建处，望着投资上亿元、主体工程已封顶的老君阁，老朱直纳闷：这里不通公路，也不能搞空运，这么大的工程量，这么陡的山间小路，建材是怎么运上来的啊？忽然看到一群骡子，驮着水泥从拐弯的石梯处露出头来。盯着腰杆几乎贴着石板走过的骡子，老朱当时足足待了好一阵子，连连对妻子说："这骡子真有劲儿，又好可怜！"

老朱突然觉得，在这里搞修建的人们不都像一头头骡子吗？只是，要做一头骡子还真不是一件简单的事情。想到这些，老朱觉得胸闷似乎轻了一点，但又似乎什么也没有轻。像骡子一样再坚持坚持下吧，这深更半夜的，打电话很烦人的！

望着老林空荡荡的床，老朱暗自庆幸起来："老林今晚幸好不在，要不然又会被自己折腾惨的！"老朱觉得挺对不住老林的，为了不增加灾区的负担，也不增加派出单位的住宿开销，老林和老朱挤在一个房间里。这挤一点倒没有什么，可是自己睡觉时雷鸣般的鼾声可把老林害苦了。看着老林一脸的倦态，老朱常觉得有种深深的负罪

感。

　　"这一年来，老林他不知是怎么坚持下来的。老林也是一头骡子！"老朱心头一亮，嘴角露出一丝黠笑。他觉得他终于找到报复老林的妙招了。平时老林总是打趣说他胖得像头猪。这骡比猪该好不到哪里去吧？但猪好像又简直不能同骡相比。老朱觉得好失败——自己真是理屈词穷，蠢笨如猪。老朱嘴角的黠笑很快消失得无影无踪。胸闷还在继续，冷汗直冒出来，左臂痛得钻心。

　　"是该打电话了！"老朱缓缓地挪动矮胖的身体，用右手摸到了床头柜上的座机。

　　八点钟的时候，组上住在隔壁的小张约老朱去吃饭，敲门没人应。小张一阵心焦跑去找总台。

　　"七点钟时，朱老师打电话叫我们帮他喊了辆出租车，他上医院看医生去了。这是他给组长的请假条。"总台的服务员答道。

2011 年 3 月 14 日

楼顶的鸟思

上个周末，家居七楼的我在书房上网时，突然瞥见对面邻居七楼花草簇拥的屋顶上，亭亭玉立着一只白鹤，它是那样的娴静、优雅，轻轻地推开了我记忆的门扉。

记得在老家蒲姓人家的房后，长着一棵四五个大人才能合抱的枫树。每年春天，那棵枫树都会长出绿绿的叶子，远看就像一把巨大的绿伞似的。在这时候，定会有从北方飞来的白鹤如约而至，在那棵树上筑窝、下蛋、孵子，成百上千只白鹤不停地从树巅上、枝丫间起飞、降落，绿影和白影交相辉映，引来十里八里的人们前来驻足观看。怕惊扰走了白鹤，大人们常常告诫小孩，那棵枫树是土地爷看护的神树，那些白鹤是天上飞来的仙鹤，千万不得爬上树胡来，否则会遭报应的。说来也灵验，村里有个娃儿不听劝告，偷偷爬上树想取白鹤蛋回家煮着吃，没曾想脚步一滑，从树上掉下来摔了个半死，从此村里便再没人敢攀爬那棵枫树，这枫树、白鹤和人从此相安融融。

"我家楼顶怎么不见有白鹤来憩呢？"这只玉立的白

鹤，撩起了我的串串疑问。"可能是到现在我家还没有绿化楼顶的原因吧！一片苍白的天地怎么会招来这小精灵的光临呢！"正在我扼腕叹息的时候，忽见一只白头翁鸟朝我家飞来。噫，我家难道也会来此珍贵的客人？它来何干？屏住呼吸，定睛一看，只见它在雨棚上站了一会儿后，就轻轻地直飞向我家那块悬挂在阳台角上的腊肉。"太好了，我家的腊肉还有这用场！"

　　这块腊肉，是乡下亲戚杀年猪时送给我家的一块上好的二刀肉。因为冰箱有些问题，我们只好把它挂在阳台角上。还没舍得煮来吃，没想到成了这白头翁鸟的美餐。不期而至的白头翁鸟翻开了我童年有关鸟的记忆。站在高高的青杠树巅上报喜的喜鹊，吊在光秃秃的丛树枝上叫丧的乌鸦，扑腾在灌木丛中胡闹的麻雀，静立在李子树梢婉转的画眉，伫立在河边草丛上啄鱼的翠鸟，静候在树洞里猎鼠的猫头鹰……小时候我在放牛时，在我家干冲子边树林里的油茶树上，还看到过一双美丽无比的鸟。一只闪着彩色的翅膀，另一只扬着长长的雪白的尾羽，它们衔来干树条在树杈上筑起长长的窝。听大人说，彩翅的是雄鸟，长尾羽的是雌鸟，它们是一家，名叫梁山伯与祝英台。但当时我有些纳闷，这雄鸟怎么穿得那么好看，不像人——那些姐姐孃孃总是穿得漂漂亮亮的。后来上小学时，从生物老师那里得知自然界就是那样，雄鸟往往长得比雌鸟好看，那彩羽的无疑就是雄鸟梁山伯了。

　　如果说在油茶树间安营扎寨的梁山伯与祝英台充满生活情调的话，那么在乡下的天空中高飞的大雁给人的感觉就是一种别样的神圣了。在乡下朗碧的天空中，常常会掠

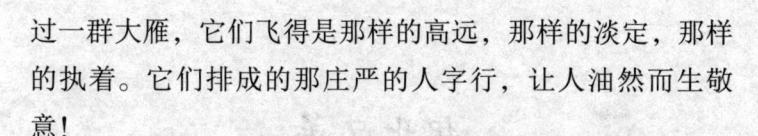

过一群大雁，它们飞得是那样的高远，那样的淡定，那样的执着。它们排成的那庄严的人字行，让人油然而生敬意！

"百啭千声随意移，山花红紫树高低。"眼前亭立的这只白鹤是孤单的，而衔了肉块的白头翁早已飞去。我在想，如果能有成千成万的鸟儿飞来同城里的我们自在相处，那当是怎样一幅光景？

2010 年 7 月 13 日

湖北兄弟

　　初夏一个风和日丽的周末,我终于见到了湖北兄弟刘国庆。在城区接到国庆之后,我们坐上朋友萱子开的车,直达上里古镇。在古镇黄龙溪边的一棵老槐树下品茶,望着面前的国庆,我觉得我不仅是在品味一道清新的佳茗,更是在品味一瓶醇绵的老酒。

　　国庆四十有七,个子高高,古铜色的皮肤闪耀着坚韧之气。初知国庆,是从四川卫视直播的《感恩祖国——四川省纪念"5·12"汶川特大地震三周年特别节目》的荧屏上。听着著名演员刘威饱含深情的讲述,国庆兄弟俩动人心扉的故事深深地烙在了我心里。

　　"5·12"汶川特大地震使雅安汉源县成为一座立体废墟,八千荆楚壮士星夜驰援汉源。在湖北援建的汉源新县城工地上,上演了湖北省十堰市兄弟刘国庆、刘国强生死接力的故事:弟弟国强在工地上连续工作4个多月后,积劳成疾,突发脑出血告别人世;哥哥国庆处理完弟弟的后事后,毅然接过弟弟的班,在弟弟生前参建的工地上,继续挥汗如雨……去年9月，国庆被授予"全国五一劳动奖章"。今年4月，国庆、国强两兄弟当选为"感动雅安十佳魅力人物"。

在听到参加完四川省纪念"5·12"汶川特大地震三周年特别节目活动的刘国庆要去看看汉源新县城的消息后，我萌生了要与国庆见一面的念头，想当面谢谢这位援建我家乡的恩人、亲人。在新闻界朋友的帮助下，我很快同国庆取得了联系。我和朋友萱子、小周商量好，等国庆一到雨城，我们就带他到上里古镇走走，让平时劳累至极的国庆好好歇歇。

上里古镇，是四川十大名镇，曾是南方丝绸之路和茶马古道上的重要交通枢纽。古镇依山傍水，清泉映古桥，驿道栖人家，处处散发出浓郁的文化气息。古镇世居杨、韩、陈、张、许五大家族，是清初"湖广填四川"时，五大家族的先人们背井离乡来到这里后发展起来的。可见，湖北、四川很早就有血脉相连。而今又添震后的倾情援建，雅安、湖北从此深结不了情。五大家族各有千秋，新近出版的雅安乡土读物《雅·魅》一书是这样描述五大家族的：杨家书香门第，世代为官；韩家世代经商，富甲一方；陈家田地广阔，粮食满仓；张家习拳练棍，骁勇善战；许家女儿勤劳朴实，端庄秀雅。我在想，如果古镇融入湖北兄弟的故事，添丁"刘家汉子"成为六大家族，古镇的今生来世又当富有几多传奇！

同行的小周是学音乐的，她今年刚考上音乐硕士研究生。她用甘甜的歌声表达对国庆兄弟的感激。"多谢了，多谢湖北众乡亲，我今没有好茶饭，只有山歌敬亲

人……"国庆静静地听着，嘴角露出微微的笑容。小周唱毕，我们要求国庆也来一首。他连连摆手说："不行，不行，我可不会唱的。"在我们的一再恳请下，他终于站起来一字一句地唱起电影《洪湖赤卫队》的插曲："洪湖水呀浪呀嘛浪打浪啊，洪湖岸边是呀嘛是家乡啊……"国庆低沉而浑厚的声音荡漾在清风里，引得游人驻足，投来好奇的目光。国庆涨红了脸，刚唱完半曲，便推说记不得词不再唱了，我们不想再难为他，于是鼓掌作罢。

夕阳在山边扬起一抹红霞，黄昏如席从四周漫卷过来。我提议逛逛古镇。不知道面前这个沉静的荆楚汉子是否感受到了我的用意，是否感受到了古镇温婉清丽的气息。而我分明感觉到因为他的到来，古镇显得格外美丽。我们争相为国庆照相。国庆一边照，一边喃喃地说："这回可把一辈子的像都照完了。"古镇上东西挺多，国庆只是买了一把牛骨梳子。他说他十八岁的儿子开始臭美了，得送他一个礼物。

送别国庆时，我拨通成都朋友的电话，叫帮忙买张飞往湖北的机票。国庆坚决地谢绝了，他执意要搭火车回去。我知道，面前的国庆其实还是一张纯洁的画纸，是容不得一点杂色亵渎的。望着国庆远去的身影，我心里满是惆怅。

2011 年 6 月 6 日

后 记

　　这本集子是我自 2005 年以来在业余时间零零星星写作的集成。从故乡那片小山坡走出来，几度芳草绿，几度霜叶红，故乡的山水人情一直萦绕在心里，而在他乡，又见识那么多的霁风朗月，那么多的平凡美好，所有这一切都值得自己深情歌唱。但我知道，我非如椽大笔，我的文字只能算是尘世点滴。

　　30 多年前，在四川省名山中学读完高一面临分科选择，我本可以选学文科的，但阴差阳错，我最终选择了学理科。现在看来，当时这一选择和自己的秉性爱好相去何远！但我不后悔，因为那是当时受尘世重理轻文风潮影响做出的必然选择。

　　人生无常，且歌且行。很多时候，你所选择的，你在做的，你所经历的，或许并非是你心底里最喜欢的。然而，不管你喜欢与否，选择与否，也不论结局是风雨还是彩虹，只要有一丁点机会抑或时间，朝你心底里的那束光亮坚定地走下去，宽大而包容，干净而纯粹，简单而明

了，积水成渊，驽马十驾，功在不舍，你一定会享受到行走的快乐。哪怕最终你采撷到的只是一朵细碎的小花，她也足以温润、感动你的整个世界。对我而言，我倍加珍惜这么多年来一字一行的积攒，它们是我喜欢的，它们带给我和我的家人无比的快乐，如果也能给你带来快乐，那就是我最大的欣慰。

  感谢中国作协会员、雅安市作协主席钟渔拨冗作序！感谢帮助我的各位领导、朋友们！感谢家人的倾心支持！感谢为此书出版付出辛劳的编辑老师们！感谢读者诸君，欢迎您翻翻。

2022 年夏